マクナイーマ

つかみどころのない英雄

マリオ・ヂ・アンドラーヂ

福嶋伸洋 訳

創造するラテンアメリカ 3

松籟社

MACUNAÍMA

by

Mário de Andrade

Translated from the Portuguese by Nobuhiro Fukushima.

マクナイーマ——つかみどころのない英雄

第一章
マクナイーマ

誰も足を踏み入れたことのないジャングルの奥で、わたしたちブラジル人の英雄、マクナイーマは生まれました。まっ黒くろの、夜への恐れの子どもです。ウラリコエーラ川の囁《ささや》きに耳をすますような静けさがとても大きくなったとき、インディオのタパニューマ族の女はみにくい赤ちゃんを産みました。この子を、彼らはマクナイーマと名づけたのです。

小さな頃からびっくりするようなことをしていました。生まれてから六年間は口をきかずに過ごしたのです。誰かが話をさせようとすると、こう叫びました。

「あぁ！　めんどくさ！……」

そして他には何も言いません。藁葺小屋《マロッカ》のすみっこにいて、パシウーバの小枝でできた寝床に転がって、他の人たち、なかでもふたりの兄さん、もう年寄りになりかけているマアナペ兄さんと、男ざかりのジゲー兄さんが働くのをのぞき見るのでした。楽しみといったら、サウーヴァ蟻のあたまをちょん切ること。いつも寝転がって暮らしていましたが、お金にだけは目がなくて、マクナイーマは小銭をもらいにあんよはじょうず。また、家族みんなで裸になって川に水浴びに行くときにも目を覚ましました。水浴びの時間、マクナイーマが川にもぐって過ごしているとき、女たちは、そのあたりに棲んでいるミドリガニにさわられたと悲鳴を上げました。集落《ムカンボ》にいるときには、誰か娘がかわいがってあげようと近づいてくると、マクナイーマは娘のあそこに手をつっこむので、娘は逃げていきました。男たちの顔にはつばを吐きかけました。でもお年寄りのことは敬っていましたし、ムルーア、ポラセー、トレー、バコロコー、ククイコーギといった、部族のお祈りの踊りにも熱心に加わっていました。

眠る時間になると、いつもおしっこをするのを忘れて吊りゆりかごに入りました。お母さんのハンモックはゆりかごの下にあったので、英雄は年老いたお母さんに熱いのをひっかけて、蚊をうまいこと追いやります。そして、汚い言葉やいけない変なことを夢に見ながら、あんよをばたばたさせるのでした。

女たちの昼間の噂のたねは、いつも英雄のいたずらでした。女たちは優しい気持ちで笑いあいながら、「枝のトゲは小さなときから鋭い」ということわざを言い、占い師のナゴー王はまじないをして、英雄は賢いと告げました。

六歳になったばかりの頃にガラガラのなかに水を入れてあげると、マクナイーマは他のみんなと同じように話すようになりました。そしてお母さんに、木芋《マンヂオッカ》を剝って袋に入れる仕事を止めて森にお散歩に連れていってよとお願いしました。お母さんはマンヂオッカを放り出すことはできなかったので、だめだと言いました。マクナイーマは一日中めそめそと泣いていました。夜も泣きつづけました。次の日には、左目だけ眠っている振りをして、お母さんが仕事を始めるのを待ちました。そしてお母さんに、グアルマー・メンベッカの枝でカゴを編むのを止めて森にお散歩に連れていってよとお願いしました。お母さんはカゴを放り出すことはできなかったので、行こうとはしませんでした。そしてジゲーの妻である嫁に、この子を連れていってくれと頼みました。ジゲーの妻はまだ年若い娘で、ソファラーという名前でした。ソファラーは用心しながら近づいていきましたが、マクナイーマはこのときばかりはとてもおとなしくて、誰のあそこにも手をつっこむ気配はありません。この娘は坊や《ピアー》をおぶって、川べりのアニンガの木のところまで行きました。水はジャヴァリの木の葉と戯れようとして穏やかでした。水路の入り口のあたりにたくさんのクロミズドリやシロクロミズドリが飛んでいて、遠くはとてもきれいに見えました。娘がマクナイーマを砂地に置くと、めそめそ泣きはじめました。というのも、そこにはたくさんのアリがいたのです!……。そしてマクナイーマはソファラーに森のなかの丘がくずれた場所に連れていくようにお願いし、娘はそのとおりにしました。でもこの坊や《クルミン》を、チリリーカやタジャーやトラポエラーバといった草木が生えているところに置くやいなや、マクナイーマはあっというまに大きくなって美しい王子さまになりました。ふたりはそのあたりでたくさん転げまわりました。

藁葺小屋《マロッカ》に戻ってくる頃には、娘は坊や《ピアー》をおぶって歩き回ったせいで疲れきったように見えました。でも本当のところは、英雄が彼女とたくさんじゃれあったからなのでした。彼女がマクナイーマをハンモックに横たえると、ちょうどジゲーが網漁から帰ってきましたが、妻のソファラーは何の仕事もしていませんでした。ジゲーは怒って、ノミを取ったあとで、彼女をぼこぼこ殴りました。ソファラーは少しも口をきかずにげんこつに耐えていました。

ジゲーは何も疑わず、クラウアーの葉の糸で縄を編みはじめました。バクの新しい足跡を見つけたので、ワナを仕掛けてつかまえようと思ったのです。マクナイーマはクラウアーの葉の糸を少しちょうだいと兄さんにお願いしましたが、ジゲーは、これは子どものおもちゃじゃないと言いました。マクナイーマがまた泣きはじめたので、その夜はみんなが寝苦しい思いをしました。

次の日、ジゲーはワナを作るために早起きして、悲しそうにしている弟を見て言いました。

「おはよう、みんなの大切な子」

でもマクナイーマはしかめっ面をして黙り込んでいます。

「おれと話したくないのか?」

「きげんが悪いんだもん」

「どうして?」

するとマクナイーマはクラウアーの葉の糸をちょうだいと言いました。ジゲーは憎らしげに彼を見て、糸をやるようにと妻に命じるとソファラーはそのとおりにしました。マクナイーマはお礼を言うとまじない師のところに行って、縄を編んでそのなかにタバコの煙を吹き込むようにお願いしました。

それがみんなできあがるとマクナイーマはお母さんに、カシリ酒を醸《かも》すのなんか止めて森にお散歩に連れていってよとお願いしました。年取ったお母さんは仕事をしなければなりませんでしたが、そのときジゲーの妻が抜け目なく、わたしが言いつけに従えますわ、としゅうとめに言いました。そして坊や《ピアー》をおぶって森のなかへ行きました。

カルルーやソロローカといった草木が生えているところに置くと、小さな子はぐんぐん大きくなって、美しい王子さまになりました。ソファラーに、すぐに戻ってきてじゃれあってあげるからちょっと待っててねと言うと、バクの水飲み場に行ってワナを仕掛けました。夕暮れの頃、ふたりが散歩から帰ってくるとすぐに、バクの足跡があったところにワナを仕掛けに行っていたジゲーも帰ってきました。ジゲーの妻は何の仕事もしていませんでした。ジゲーはカンカンに怒って、ノミを取るまえに彼女をぼこぼこ殴りました。でもソファラーはげんこつの連打をじっとがまんしました。

次の日、村びとたちが眠るために木に登ったばかりの頃、マクナイーマはわんわんとおそろしいほどの声で泣いてみんなの目を覚ましました。ぼくがつかまえたバクを取るために、水飲み場に行ってよ、行ってよ！……と言うのです。でも誰もそんな話は信じず、朝になるとみんなその日の仕事を始めました。

マクナイーマはすっかりへそを曲げ、ソファラーにちょっとだけ水飲み場に見に行ってくれとお願いしました。娘はそのとおりにして戻ってくると、本当にワナには大きな死んだバクがかかってい た、とみんなに言いました。部族のみんなでこの坊《クルミン》やの賢さに思いをはせながら、獲物を取りに行きました。何もかかっていないクラウアーの縄のワナを持ってジゲーが帰ってくると、みんなは獲物を取り分けているところで、ジゲーもそれを手伝いました。そしてマクナイーマに分けるときになると、肉はこれっぽっちも残っておらず、あったのは腸だけ。英雄は仕返ししてやるぞと心に誓いました。

次の日、彼はソファラーに森に連れていってくれるようにお願いして、宵《よい》の口までそこにいました。下草にふれるやいなや、小さな男の子が燃えるようにたくましい王子さまになりました。ふたりはじゃれあいました。三回じゃれあったあと、いちゃつきながら森の外へと走っていきました。突つきあったあとには、くすぐりあったり、砂地に埋めあったり、藁《わら》に点《とも》した火を付けあったりと、それはもうたくさんいちゃつきました。マクナイーマはコパイーバの木の太枝をつかんでピラニェイラの木のうしろに隠れました。ソファラーが走って近づいてくると、コパイーバの棒で彼女のあたまを殴りました。傷ができて、娘は笑いながらマクナイーマの足もとに倒れました。彼の片足を引っぱりました。マクナイーマは巨大な木の幹にしがみつきながら、うれしそうにうめきました。すると娘は彼の足の親指を喰いちぎって呑み込んでしまいました。マクナイーマは涙が出るほど楽しくなって、足から出る血で彼女の体にいれずみを入れました。それから体に力を入れ、蔓《つる》から蔓へ空中ブランコをするようにぴょんぴょん跳んでいって、あっというまにピラニェイラの木のいちばん高い枝までたどり着きました。ソファラーはあとを追って登っていきました。細い枝は王子さまの重みでたわみ、揺れました。娘もてっぺんにたどり着くと、ふたりはまた空中でゆらゆら揺れながらじゃれあいました。そのあとマクナイーマはソファラーをなでなでしたくなりました。全身を引っぱってぐいっと折り曲げましたが、枝が折れてふたりは落っこちてしまい、地面に叩きつけられてぺしゃんこになりました。正気に戻ると、英雄はきょろきょろと娘を探しましたが、見つかりません。立ち上がって探しに行こうとすると、彼に覆いかかっていた下枝のあたりから、静けさを破ってピューマの恐ろしいうなり声が聞こえてきます。英雄は怖さのあまり倒れ込んで、食べられてしまうときに見なくてすむように目をつぶりました。すると笑い声が聞こえて、胸にたくさんのつばがかかってきました。ソファラーでした。マクナイーマに投げつけられた石が当たって傷ができると、ソファラーはよろこんで大声を上げて、下にあるマクナイーマの体に吹き出た血でいれずみを入れました。とうとう石のひとつが娘の口のはしを切り裂いて、三本の歯を砕いてしまいました。彼女は枝からドスン！と英雄のおなかに飛び乗り、そこに座り込むと、マクナイーマは彼女を全身でくるみ込んで、あまりに気持ちよくて叫びました。そしてもう一回じゃれあったのでした。

娘が坊《ピアー》やをおんぶしてたくさん歩き回ったせいで疲れきったというふりをしながら戻ってくる頃には、もう宵の明星パパセイアがお空に輝きはじめていました。でもあやしいと思っていたジゲーは、森のなかまでふたりのあとを附けてゆき、マクナイーマの変身やら何やらをすべて見ていたのです。とんだおろか者のジゲーは怒りました。アルマジロのしっぽの形のムチをつかんで、英雄のおしりを思う存分ぶちました。マクナイーマの泣き叫ぶ声があまりにも大きかったので、長い夜は短くなり、びっくりした鳥たちは地面に落ちて石になってしまいました。

ジゲーがムチで打つのに疲れると、マクナイーマは木々を伐り倒した場所に行って、カルデイロの木の根をかじってまた元気になりました。ジゲーはソファラーを彼女のお父さんのもとへ返すと、ハンモックでくつろいで眠りました。

第二章

大きくなってから

とんだおろか者のジゲーはある日、ひとりの女《クニャン》の手を引いてきました。それは新しい妻で、イリキという名前でした。髪を束ねたところにいつも生きたネズミを隠していて、おしゃれをするのが大好きでした。アララウーバやジェニパーポの染料を顔に塗り、また毎朝アサイー椰子《やし》の汁を唇に塗って、すっかり紫色にするのでした。それからカイエーナ・レモンの汁をその上にこすりつけると、唇はすっかりまっ赤になりました。それからイリキは、アカリウーバの黒とタタジューバの緑で縞模様になっている綿のマントに身を包んで、ウミリの花のエッセンスで髪に香りを付けました。それはそれは美人でした。

さて、みんながマクナイーマのバクを食べてしまうと、集落《ムカンボ》のみんながまたおなかを空かせはじめました。狩りに行っても、誰も何も獲ることができず、ニワトリアルマジロの一匹さえ現れません！

それにマアナペがみんなで食べようとネズミイルカを殺したせいで、そのお父さんであるマラギガーナという名前のクナウル蛙が怒ってしまったのです。洪水を起こして、トウモロコシ畑を台なしにしてしまいました。彼らがすべて食べ尽くしてしまうと、木芋《マンヂオッカ》の堅いカスさえなくなり、火は、夜も昼も絶やさずにいましたが焼くものは何もなく、ただ寒さを追い払うためだけのものになりました。干し肉にするための肉ひと切れさえなかったのです。

そこでマクナイーマは、ちょっと家族をからかってやりたくなりました。兄さんたちに、川にはまだたくさん、ピアーバとかジェジューとかマトリンシャォンとかジャトゥアラーナとか、川魚がたくさんいる、だからチンボーの木の毒を使って魚を獲りに行きなよ！と言ったのです。マアナペは言いました。

「もうチンボーの木はない」

マクナイーマは嘘をついてこう答えました。

「お金を埋めた谷の近くでチンボーの木が生い茂ってるのを見たんだよ」

「だったらおれたちといっしょに来てそれがどこか教えるんだ」

そして三人は行きました。川岸は見分けがつきにくくて、どこまでが地面でどこからが川か、繁ったマモラーナの木々のなかではわかりません。マアナペとジゲーは歯のところまで泥まみれになって探しに探しますが、スッテンコロリン！と、洪水で隠れてしまった泥沼のなかに転びます。そして穴から抜け出そうと、ぎゃあぎゃあ叫び、手でおしりの穴をふさぎながら跳ね跳ねします。というのも、破廉恥な吸血ナマズたちがおしりの穴から入ってこようとするからです。マクナイーマは、チンボーの木を探す兄さんたちのまぬけなざまを見ながら心のなかでくすくす笑っていました。自分も探すふりをしましたが、固い地面に立って少しも濡れずに、一歩も動こうとしません。兄さんたちが近くに来るとかがみこんで、疲れてうめくふりをしました。

「そんなふうにおれたちのじゃまをするな、小僧《ピアー》!」

するとマクナイーマは土手に座って、足で水をばちゃばちゃやって蚊を追い払います。たくさんの蚊がいたのです。ピウン、マルイン、アルルー、タトゥキーラ、ムリソッカ、メルアーニャ、メリングイー、ボハシュード、ヴァレージャといった、それはもうたくさんの蚊です。

夕暮れの頃には、兄さんたちは一本のチンボーの木も見つけられなかったのでがっかりしてマクナイーマを迎えにきました。英雄はびくびくしながら、しらを切りました。

「見つかった?」

「何も見つからないさ!」

「だってぼくがチンボーの木を見たのはここだったんだ。チンボーの木は昔はぼくたちみたいな人だったんだよ……。きっと兄さんたちが探し回ってるのに気づいて変身したんだよ。チンボーの木は昔はぼくたちみたいな人だったんだよ……」

兄さんたちはこの子の賢さに舌を巻き、三人は小屋に帰りました。

マクナイーマはおなかが空いているせいでごきげんななめでした。次の日、お母さんにこう言いました。

「お母さん、誰がぼくたちの家を向こう岸の山まで持っていくと思う、誰が？　ちょっと目をつぶって、同じようにたずねてみて」

　お母さんはそのとおりにしました。マクナイーマはお母さんにもうしばらく目を閉じているように言い、藁葺小屋《テジュパール》、櫓《やぐら》、矢、道具カゴ、食糧袋、水の樽、平カゴ、ハンモックといった荷物をみんな、向こう岸の山の、森が開けたところに運んだのでした。お母さんが目を開けてみると、自分たちが向こう岸にいることに気づきました。そこには、獲物の肉、魚、実ったバナナの木など食べ物がふんだんにありました。そこでお母さんはバナナをもぎ取りに行きました。

「まだお母さんに聞くことがあるのに、どうしてそんなにたくさん取ってるのさ！」

「おなかを空かせているジゲー兄さんと美人のイリキに、それからマアナペ兄さんに持っていってやるんだよ」

　マクナイーマはすっかりヘソを曲げました。考えに考えて、お母さんに言いました。

「お母さん、誰がぼくたちの家を向こう岸の山まで持っていくと思う、誰が？　ちょっと目をつぶって、同じようにたずねてみて」

　お母さんはそのとおりにしました。マクナイーマはお母さんに目を閉じるように言い、何もかも、すべての荷物を、もとの水浸しの湿地まで持っていってしまいました。お母さんが目を開けると、すべてが前の場所にあり、隣にはマアナペ兄さんの、またジゲー兄さんと美しいイリキの藁葺小屋《テジュパール》がありました。そしてまたみんながおなかを空かせてうなりはじめました。

　お母さんはカンカンに怒りました。英雄を帯でくくりつけ、家を出ました。森を横切り、「ユダの隠れ家」と呼ばれる開けた土地にたどり着きます。そこから一レグア半ほど歩くと、森は見えなくなりました。それは、ところどころにカジューの木がにょきっと立っているだけの平らな草原でした。ムクドリモドキの声さえ聞こえない寂しいところです。お母さんは坊や《クルミン》を野原に置きました。マクナイーマはそこでは大きくなることはできません。

「さあ、おまえのお母さんはいなくなってしまうよ。おまえは原っぱで迷子になって大きくなることもできないんだ」

　そしてお母さんは姿を消しました。マクナイーマは無人の土地を見渡し、泣きそうになるのを感じました。しかしそのあたりには誰もいなかったので、泣くのはやめました。勇気を振りしぼって歩きはじめますが、弧を描く小さな足はぶるぶる震えます。一週間あちこちをさまよったあと、とうとう、肉をかじっている森の守り神クルピーラが犬のパパメウといっしょにいるところに出くわしました。クルピーラはホシダネ椰子の新芽のなかで暮らしていて、人間には煙を求めるものなのです。マクナイーマは言いました。

「おじいさん、ぼくにも肉を食べさせてよ」

「いいだろう」とクルピーラは答えました。

　自分の足の肉を切り取って、かじって、この男の子にやると、こう聞きます。

「こんな草っ原で何をやっているんだ?」

「お散歩してるんだよ」

「嘘をつけ!」

「ほんとだよ、お散歩してるんだよ……」

そして、お兄さんたちにいじわるをしたためにお母さんから受けた罰について話しました。家をふたたび獲物のいない場所に戻したことを語ると、マクナイーマはげらげら笑いました。クルピーラは彼を見てつぶやきました。

「おまえはもう子ども《クルミ》なんかじゃない、おまえはもう子ども《クルミ》なんかじゃない……。そんなことをするのはおとなだ……」

マクナイーマはお礼を言って、タパニューマ族の集落《ムカンボ》への道をたずねました。でも本当はクルピーラは英雄を食べようとしていたので、嘘を教えました。

「こっちに行ってだな、おとな坊や、こっちに行って、あの木の前を通って、左に曲がって、くるっと回っておれのタマタマの下を戻ってくるんだ」

マクナイーマはそうしようとしましたが、木の前にたどり着くと、足をかいて、こうつぶきました。

「あぁ! めんどくさ!……」

そしてまっすぐに行ってしまいました。

クルピーラはずっと待っていましたが、坊《クルミン》やはやって来ません……。そこでこの怪物クルピーラは鹿にまたがって、というのも彼にとってはそれが馬の代わりだったからなのですが、丸い足で鹿の股のあいだを蹴って、こう叫びながら駆け出しました。

「おれの足の肉！　おれの足の肉！」

英雄のおなかのなかで肉は答えます。

「どうした？」

マクナイーマは歩を速め、乾燥平原《カアチンガ》に走ってゆきますが、クルピーラはもっと速く走り、男の子のほうはどんどんと追いつめられてゆきます。

「おれの足の肉！　おれの足の肉！」

肉は答えます。

「どうした？」

坊《ピアー》やは必死でした。その日の天気は狐の嫁入り《カザメント・ヂ・ハポーザ》で、太陽の女神ヴェイは、霧雨のなか、トウモロコシをぱらぱらとほぐすような細かな光を降らせていました。マクナイーマは水たまりを見つけて近づくと、泥水を飲んで、肉を吐き出しました。

「おれの足の肉！　おれの足の肉！」と叫びながらクルピーラはやってきます。

「どうした？」と水たまりのなかにある肉は答えます。

マクナイーマは反対側に身を隠して、逃げ切りました。

一レグア半先で、蟻塚のうしろから歌う声が聞こえました。

「アクチー・ピター・カニェン……」とゆっくりと。

そこで、ジャシターラ椰子のカゴで木芋《マンヂオッカ》を粉にしているおばあさんに出くわしたのです。

「おばあさん、木芋《アイピン》を食べさせてくれる？」

「いいだろう」とおばあさんは答え、アイピンを男の子にあげてたずねます。

「乾燥平原《カアチンガ》で何をしているんだい、坊や？」

「お散歩してるんだよ」

「なんだって！」

「お散歩してるんだってば！」

そしてどんなふうにしてクルピーラをだましたかを話し、げらげら笑いました。おばあさんは彼を見てぼやきます。

「子ども《クルミ》はそんなことはしないんだよ、坊や、子ども《クルミ》はそんなことはしないんだよ……。わたしがおまえの体をおつむに合わせてあげよう」

そしてアイピンの毒汁でいっぱいの桶をつかむと、その水をこの坊や《ピアー》に向かってぶちまけました。

マクナイーマはびっくりして飛び去りましたが、無事だったのはあたまだけで、あとは体じゅうが濡れました。英雄がくしゃみをすると体が大きくなりました。すらりと背が伸び、大きく育ち、強くなり、たくましいおとなの男の大きさになりました。でも、濡れなかったあたまは永遠におろかなまま、顔はみにくい坊《ピアー》やの顔のままになったのです。

マクナイーマはこの魔法のお礼を言うと、生まれ故郷の集落《ムカンボ》まで、歌いながら矢のように走りました。夜はまるでかぶとむしみたいにやってきて、アリを地中に戻し、水のなかからは蚊を誘い出してきます。鳥の巣みたいな熱気が空中に漂っていました。タパニューマ族の老婆は、灰色に霞むほど遠いところから届く息子の声を聞きつけ、びっくりしました。マクナイーマはしかめっつらで現れて言いました。

「母さん、ぼくの歯が抜けて落ちる夢を見たよ」

「一族の誰かが死ぬんだよ」と老いたお母さんは教えました。

「知ってるさ。母さんはもういちど太陽が出るあいだしか生きられないよ。だって、ぼくを産んだんだからね」

次の日、兄さんたちは釣りと狩りをしに出かけ、老いたお母さんは畑に行き、マクナイーマはジゲーの妻とふたりきりで残りました。すると彼はケンケン蟻に変身してイリキに噛みつき、くすぐったがらせました。でもこの娘はアリを遠くに投げてしまいます。するとマクナイーマはウルクンの木になりました。イリキは笑って、種を採って集めると、顔や体の飛び出た部分にその色を塗りました。すっかり美しくなりました。するとマクナイーマはむらむらして、人間に戻ってジゲーの妻とじゃれあいました。

兄さんたちが狩りから帰ってきて、ジゲーはすぐに浮気に気づきましたが、マアナペはジゲーに、マクナイーマがもうがっしりとしたおとなになったんだと言いました。マアナペはまじない師でした。ジゲーは小屋に食べ物があふれていることに気づきました。バナナがあり、トウモロコシがあり、木芋《マカシェイラ》があり、アルアーという米を醸《かも》した飲み物があり、カシリ酒があり、マラパーやカモリンといった魚があり、ミシラという種類のパッションフルーツがあり、バンレイシやアビオやサポータやサポチーリャの木の実があり、鹿肉の練り団子《パッソッカ》があり、アグーチの生肉があり、おいしい食べ物や飲み物がいっぱいです……。ジゲーは弟とケンカするのは割に合わないと考え、イリキをマクナイーマにくれてやりました。そしてため息をついて、ノミを取って、心安くハンモックで眠りました。

次の日、マクナイーマは朝早くから美しいイリキとじゃれあったあと、ちょっと散歩に出かけました。ペルナンブーコにある美しい石《ペドラ・ボニータ》という魔法の国を横ぎり、サンタレンの街に近づいていたとき、子どもを産んだばかりの鹿に出会いました。

「こいつはつかまえてやるぞ！」と彼は言います。そして鹿を追いかけました。鹿はひょいひょい逃げ回りますが、英雄はまだほとんど歩けない子鹿をうまいことつかまえると、カラパナウーバの木のうしろに隠れて、子鹿を突っついて鳴き声を出させます。母鹿は狂ったようになり、目を大きく見開き、立ちすくみ、驚き、一目散にやってきて、子鹿の目の前まで来ると、愛の涙を流しました。そこで英雄は、子どもを産んだばかりの母鹿に矢を射ました。鹿はちょっと足をばたつかせたあと、堅くなって地面に伸びました。英雄は勝利を歌いあげました。鹿に近づいてまじまじと見ると、叫び声を上げ、気を失いました。獣たちの守り神アニャンガーがいたずらをしていたのです……。それは母鹿ではありませんでした。マクナイーマが仕留めたのは、タパニューマ族のマクナイーマの母さんそのひとで、森のチターラの木とマンダカルの木のトゲで体じゅうに傷を負ってそこに横たわって死んでいたのでした。

英雄は、正気を取り戻すと、兄さんたちを呼びに行き、三人はわんわん泣いて、オロニチ酒を飲み、魚のカリマン粥を食べながらお通夜をしました。明け方早く、年老いた母さんのなきがらをハンモックにのせて、パイ・ダ・トカンデイラと呼ばれる場所にある石の下に埋葬しに行きました。類まれなまじない師であるマアナペが、碑《いしぶみ》を刻みました。それはこんなふうでした。

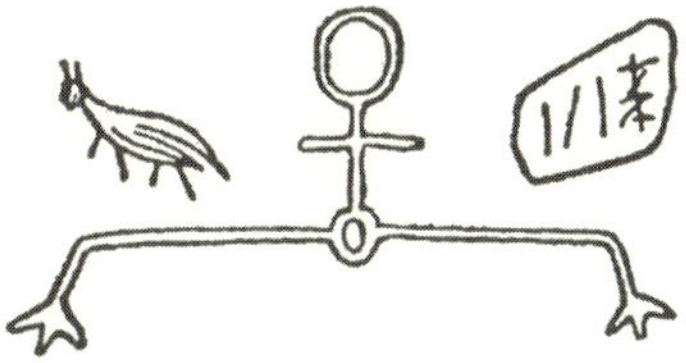

掟が定める時のあいだ断食をし、マクナイーマはそのあいだずっと、英雄らしく悲しみに暮れました。死んだお母さんのおなかはふくらみにふくらみ、雨季が終わる頃には滑らかな丘になりました。そして、マクナイーマはイリキの手を取り、イリキはマアナペの手を取り、マアナペはジゲーの手を取り、四人は世界へと旅立ったのです。

第三章
森の母神さま、シー

　森の道を進んでいるあるとき、四人は喉がからからで苦しんでいましたが、沼も湖も近くにはありませんでした。あたりには水気をたっぷり含んだウンブーの実さえ見つからず、太陽の女神ヴェイは、生い茂った木々の葉をほどくようにして、歩きつづける四人の背中を休みなくむち打っています。四人とも、体にピキアーの油を塗りたくって儀式をしているみたいに汗だくになりました。マクナイーマはふいに立ち止まって、沈黙の夜をかき消すような大きなしぐさで、気をつけるよう促しました。他のみんなも止まりました。何も聞こえませんでしたが、マクナイーマはこう囁《ささや》きました。

「何かいるよ」

　パンヤノキの根元に座って化粧をするイリキを残して、三人は慎重に先へ進みます。ヴェイが三人兄弟の背中をむち打つのに疲れてしまった頃、一レグア半先にひとりきりでいたマクナイーマは、眠っている娘《クニャン》に出逢いました。森の母神さまのシーでした。ひからびた右胸を見れば、その年若い娘がニャムンダー川が注ぐ月の鏡湖《エスペーリョ・ダ・ルーア》の岸辺に女たちだけで暮らしているアマゾン族の者であることはすぐにわかりました。身持ちが悪いせいで体はやつれていましたが、ジェニパーポの染料で青灰色の化粧をしていて、美人でした。

英雄は彼女の上に飛び乗ってじゃれあおうとしました。シーはしたがりませんでした。マクナイーマが山刀を抜こうとすると、三つ又の矛《ほこ》を投げつけてきました。ものすごいつかみあいになり、取っ組みあうふたりの叫びが樹冠の下にこだましたので、小鳥たちは怖くて縮みあがっていました。英雄はげんこつをくり出していました。鼻から血が出るほどの打撃や、三つ又の矛の深い傷をすでに受けていたのです。アマゾン族の娘はまるで無傷のまま、一挙手ごとに英雄の体から血を流させ、恐ろしい叫び声を上げさせるので、小鳥たちは怖くて縮みあがって体を小さくしていました。とうとう英雄はすっかり参って、このアマゾン族の娘とはどうしてもじゃれあうことはできなそうなので、よろよろになって逃げ出し、兄さんたちを呼びました。

「助けてくれないと殺すよ！　助けてくれないと殺すよ！」

兄さんたちはやってきてシーをつかまえました。マアナペが彼女の両腕をうしろでしばり、ジゲーが彼女のおしりを飾り槍《ムクルー》で突きます。アマゾン族の娘は下草のサマンバイア羊歯《しだ》の茂みにばったりと倒れ込みました。すっかり動かなくなると、マクナイーマは近づいていってこの森の母神さまとじゃれあいました。すると、たくさんのキガシラインコ、たくさんの赤いコンゴウインコ、トゥインン、コリコ、ペリキート、たくさんのオウムといった鳥たちが、処女密林の新しい皇帝となったマクナイーマにあいさつしに来ました。

そして三人兄弟は、マクナイーマの新しい妻といっしょに先に進んでゆきました。花々《フローリス》の街を横切り、苦しみ《アマルグーラス》の川を避け、幸せ《フェリシダーヂ》の滝の下を通り、よろこび《プラゼーリス》の道をゆき、ヴェネズエラの丘にある恋人《メウ・ベン》の茂みにたどり着きました。そこからマクナイーマは神秘の森を統《す》べ、シーは三つ又の矛を握って戦う女たちに指図したのでした。

英雄は暢気《のんき》に暮らしました。ハンモックのなかでタイオカ蟻を殺したり、パジュアリ酒をごくごく音を立ててすすったり、コチョというギターでぽろぽろと爪弾き出す音に合わせて歌って密林を甘やかな響きで満たし、ヘビやらノミやら蚊やらアリやら悪い神々やらをまどろませたりしながら、幸せいっぱいの日々を過ごしていました。

夜には、シーが樹液の灯し火を持ち、戦いで血まみれになって帰ってくると、髪の毛でみずから編んだハンモックに上がります。ふたりはじゃれあって、そのあとでおたがいに微笑みあうのでした。ぴったりとくっついて、長いあいだ微笑みあいました。シーはとてもよい香りがしたので、マクナイーマはうっとりしてふらふらと目眩《めま》いを覚えました。

「あぁ！　きみはすごくいいにおいがするねぇ」

気持ちよさそうに言って、さらに鼻の穴をふくらませるのでした。するとものすごい目眩いがして、眠気がぽたぽたまつ毛から滴り落ちてくるほどでした。でも森の母神さまはまだもの足りなくて、ハンモックを揺さぶってふたりの体を絡みあわせて、もっとじゃれあいましょうと恋人に誘いかけます。死にそうなほど眠いマクナイーマはごきげんななめで、自分の評判を落とさないだけのためにじゃれあいましたが、シーがこんどは満足して笑いかけると、

「あぁ！　めんどくさ！……」

英雄はうんざりして言うのでした。そして彼女に背中を向けてぐっすりと眠りました。でもシーはもっとじゃれあいたがって……誘いに誘います。英雄は深い眠りに就いています。そこで森の母神さまは三つ又の矛で恋人を突っつきます。マクナイーマはくすぐったくて、身をよじるほどげらげら笑いながら目を覚ましました。

「そんなのやめてよ！」

「するわ！」

「お願いだから眠らせてよ……」

「もう一回じゃれあいましょうよ」

「あぁ！　めんどくさ！……」

そしてもういちどじゃれあうのでした。

でもパジュアリ酒を飲みすぎた日には、この処女密林の皇帝は、泥酔してそこらへんに転がっていました。ふたりがじゃれあおうとしても、英雄は途中で何をしていたのか忘れてしまいます。

「どうしたの、英雄さん！」

「どうしたって、何が！」

「続きはしないの？」

「何の続きさ！」

「だって、わたしたちはじゃれあってる最中なのに、あなたが途中でやめちゃうんじゃない！」

「あぁ！　めんどくさ！……」

マクナイーマは酔っぱらって前後不覚でした。妻の髪のなかの柔らかいところを探して、幸せに眠り込みました。

するとシーは、彼を元気づけるためにとっておきの技を使ったのでした。森のなかでイラクサの葉っぱを取ってきて、コチョコチョコチョと英雄のあれを、それから自分のあそこをくすぐったのです。マクナイーマはむらむらのライオンみたいになりました。シーもです。ふたりはめちゃくちゃに燃え上がって、じゃれあいにじゃれあいました。

眠れない夜々には、もっと気持ちよくなる方法を編み出しました。燃えさかるお星さまみんなが地上に、憎たらしいくらいの、誰もが耐えられない暑さを振りまくと、森はまるで火事になったようにあっちっちでした。小鳥たちは巣のなかにいることさえできません。落ち着きなく首を振って低い枝に飛び、突然、まっ黒な夜明けを作り出し、果てなく歌いに歌ったのは、この世界で最大の奇蹟と言ってもいいことでした。鳴き声は大きく、香りはどぎつく、暑さはさらにどぎついのでした。

マクナイーマはハンモックを揺らして、シーを遠くに落としました。彼女はカンカンに怒って目を覚まし、彼の上に飛び乗ります。そんなふうにしてじゃれあうのでした。気持ちよくなったふたりはすっかり目を覚まして、じゃれあうための新しい技を編み出すのでした。

六ヵ月が経ったばかりの頃に、森の母神さまは赤あかとした男の子を産みました。すると名の知れた浅黒い女《モレーナ》たちがたくさん、バイーアやレシーフェやリオ・グランチ・ド・ノルチやパライーバからやってきて、森の母神さまに、悪を表わす赤い色のリボンをあげました。なぜなら、いまや彼女こそが、あらゆるクリスマスの牧人劇のまっ赤な仮装行列の主となるべき人だったからです。それからモレーナたちは満足して、踊り狂い去っていきましたが、それをサッカー選手たち、賢い男たち、愛を求めてセレナーデをする小さな男たちが追いかけました。マクナイーマは掟で定められたその月のあいだは休息しましたが、断食はしませんでした。男の子《ペクルッショ》は平べったいあたまをしていました。マクナイーマは毎日そのあたまを叩いてさらに平べったくしながら、息子《グリ》にこう言い聞かせました。

「息子よ、さっさと大きくなってサンパウロに金をたくさん稼ぎに行くんだぞ」

アマゾン族の女たちはみんなその赤あかとした男の子をかわいがり、最初の沐浴のときには、この子がずっとお金持ちでいるようにと部族が持っているあらゆる宝石で飾りました。ボリビアに人をやってハサミを取りに行かせ、それを開いたまま枕の下につっこみました。そうしないとトゥトゥ・マランバーという鬼がやってきて坊や《ピアー》のおへそとシーの足の親指をちゅうちゅう吸ってしまうからです。トゥトゥ・マランバーはやってきました。そしてハサミを見つけるとまちがえてハサミの目をちゅうちゅう吸って、満足してどこかに行ってしまいました。いまでは誰もがこの男の子《ペクルッショ》のことばかり考えています。サンパウロに人をやって、アンナ・フランシスカ・ヂ・アウメイダ・ヂ・レイチ婦人が作る高名な羊毛編みのお靴を買いに行かせ、ペルナンブーコに人をやって、キンキーナ・カクンダという名前でより広く知られているジョアキーナ・レイタォン婦人が作る「アルプスの薔薇」、「グアビローバの花」、「あなたのためにわたしは苦しむのです」と名づけられたレース編みを買いに行かせました。オビドスに住むロウロ・ヴィエイラ姉妹が作る極上のタマリンドの果汁を漉《こ》して、渇きをさっぱりと癒して回虫をやっつけるために飲ませました。幸せな生活、なんとすばらしかったことでしょう!……。でもあるとき、ミミズクが皇帝の藁葺小屋《マロッカ》の屋根に止まって、不吉な鳴き声を立てました。マクナイーマは恐ろしさで震え、蚊を追い払い、パジュアリ酒をしこたま飲んで恐ろしさを吹き飛ばそうとしました。飲んで一晩中眠りました。すると黒ヘビがやってきて、片方だけ元気なシーのおっぱいをたくさん吸ったので、お乳はなくなってしまいました。兄さんのジゲーにはアマゾン族の妻はいなかったので乳母になる人もなく、次の日、坊《クルミン》やはお母さんのおっぱいを吸い吸いして、毒の混じった息を吐いて死んでしまいました。

人びとはこの小さな天使をジャブチ亀の形をした、飾り彫りのほどこされた壺に入れて、たくさんの歌を歌い、踊りをたくさん踊り、パジュアリ酒をたくさん飲みながら、火吹き蛇のボイタターが死者の目を食べてしまわないように集落《ターバ》のまんなかに埋葬しました。

マクナイーマの妻はつとめを終えたので、いつもよりもおしゃれをして、首飾りから名高いお守り《ムイラキタン》を外してマクナイーマに贈り、木の蔓《つる》を伝ってお空に昇りました。シーはいまそこに住んでいるのです。いまはお星さまになって、おしゃれをして、もうアリに悩まされることもなく、前よりももっとおめかしして、光の飾りを着け、お散歩したりしながら暮らしているのです。それがケンタウルス座のベータ星なんですよ。

次の日、マクナイーマが息子のお墓に行ってみると、なきがらから小さな草が生えていました。人びとはそれを心をくだいて育てました。それがグアラナーなのです。この木の果実をむいたもので、人びとはいろいろな病気を治したり、太陽の女神ヴェイが暑さを放つときには喉の渇きを癒したりするのです。

第四章

お月さまになった蛇女

次の日の朝早く、英雄は、永遠に忘れることのできない妻のシーへの恋しさ《サウダーヂ》を募らせて苦しみながら、下唇に穴を開けて、ムイラキタンを唇飾り《テンベター》にしました。泣きそうになるのを感じました。急いで兄さんたちを呼んで、アマゾン族の女たちに別れを告げると、旅立ちました。

いまやマクナイーマが治めている森を、三人は当てもなくふらつきました。どこに行っても敬われ、赤いコンゴウインコと黄インコの群れがずっとついてきました。苦しみが募る夜には、自分のたましいみたいな紫色に色づいた果実を着けたアサイーの木に登って、おめかししてお空に浮かぶシーの姿を見つめました。「いじわる!」と彼はうめきました……。そしてとってもとっても!苦しんで、長い歌を歌って善良な神さまたちに呼びかけるのでした。

ルダーさま　ルダーさま！……
雨を乾かす　ルダーさま
海風を射かけて
ぼくの土地から
雲を追い払ってください
そうすれば　ぼくのいじわるな恋人が
きれいに力強く　お空で輝きます！……
すべての川の水を
穏やかにしてください
そうすれば　ぼくはそこに浸かって
水の鏡に映った恋人と
じゃれあうことができますから！……

こんなふうでした。そして木を降りると、マアナペの肩に寄りかかって泣くのでした。ジゲーもかわいそうに思って啜《すす》り泣きながら、英雄が寒くないように焚き火をかき立てました。マアナペは涙を飲みこみ、子守り歌を歌って、アクチプルーやムルクトゥトゥーやドゥククーといった眠りの神さまたちに呼びかけるのでした。

アクチプルーさま
あなたの眠りをお貸しください
とっても賢い
マクナイーマのために！……

そして英雄の体に付いたノミを取って体を揺すってあやすのでした。英雄の心は穏やかに穏やかになり、ぐっすり眠りました。

翌日、三人の旅人はまた、神秘の森のなかを歩きはじめました。マクナイーマにはずっと赤いコンゴウインコと黄インコの群れがついてきます。

歩きに歩いて、あるとき、暁が夜の闇を追い払いはじめようとする頃、遠くから年若い娘の泣き声が聞こえてきました。三人は見に行きました。一レグア半歩くと、ざあざあ休みなく泣きつづける滝に出くわしました。

「どうしたの！」

「泣いてるの！」

「何があったのか言ってごらん」

すると滝は自分の身に起こったことを話しました。

「わたしはナイピという名前で、酋長のメショメショイチキの娘なの。お父さんの名前はわたしたちの言葉でハイハイという意味。わたしはそれはもうかわいい女の子《クニヤタン》だったから、近くの酋長たちはみんなわたしのハンモックで寝たがった。エンビロスーの木のまゆ綿よりも柔らかいわたしの体を味わってみるためにね。でもわたしは誰かがやってくると、その人の力を試すために噛みついて蹴ってやった。それで誰も耐えられなくて、しょんぼりして帰っていった。

　わたしたちの部族はサウーヴァ蟻といっしょにほら穴にすんでいる蛇女のカペイのしもべだったの。川べりのイペーの木が黄色い花をつける頃にはいつも蛇女が集落《ターバ》にやってきて、骸骨でいっぱいの自分のほら穴で夜をいっしょに過ごす処女を選ぶの。

　わたしの体が、身を捧げるべき男の力を求めて血の涙を流したとき、わたしのうちのボタン椰子《やし》の木でスイナーラ鳥が啼いて、カペイがやってきてわたしを選んだ。川べりのイペーの木は黄色く輝いていて、花びらはみんな散って、お父さんの手下の戦士である若者、チサテーの啜り泣く肩の上に落ちた。サカサイア蟻の大群みたいな悲しみが集落《ターバ》を襲って、静けさまでむさぼり食ってしまった。

　夜の守り神のおじいさんがもういちど闇を穴から取り出したとき、チサテーは小さな花をたくさん身にまとって、わたしが自由な最後の夜にハンモックにやってきたの。わたしはチサテーに噛みついた。

　噛みついた手首からは血が噴き出したけど、彼は気にしないで愛がかきたてる怒りの叫びを上げてわたしの口に花を詰め込んだから、もう噛みつくことはできなくなった。チサテーはハンモックに飛び込んできて、ナイピはチサテーに身を捧げた。

噴き出る血とイペーの花のなかで狂ったようにじゃれあったあと、わたしを勝ち取った人はわたしを肩に担いで、四脚カゴの隠し場につないであったカヌーに投げ入れて、広いザンガード川を目指して蛇女から逃げ出した。

次の日、夜の守り神のおじいさんが闇を穴のなかにしまいこんだとき、カペイはわたしを迎えに行って、血まみれで空っぽのハンモックを見つけた。うなり声を上げて、わたしたちを見つけ出そうと走り出した。どんどんどんどん近づいてきて、うなり声が近くに、すぐ近くに聞こえて、そしてとうとう蛇女の体のせいでザンガード川の水嵩が増すくらいのところにまで来た。

チサテーは、わたしが嚙んだ手首からずっと血が流れていたから、弱りきってカヌーを漕ぐことができなくなっていた。だからもう逃げられなかった。カペイはわたしをつかまえて、ひっくり返して、わたしにタマゴ占いをやってみた。その結果が陽と出て、わたしがチサテーに身を捧げたことを知ってしまった。

世界を滅ぼしてやろうと思うくらい怒ったみたい……それでわたしをこの滝の石に変えて、チサテーを川辺の浜に投げつけて、草に変えてしまった。ほら、あそこ、あの下にあるあれ！　あそこにちらっと見えるでしょ、水の上でわたしに向かって腕を伸ばしてる、とってもきれいな睡蓮の花。あの紫色の花は嚙まれたところから流れた血のしずくで、滝になったわたしの冷気が凍らせてしまったものなの。

カペイはわたしの下に棲んでいて、わたしが本当に彼に処女を奪われたのかどうかずっと調べているの。でもそれはまちがいないことで、わたしは終わりのないものが終わるときまでこの滝の石の姿で泣いて過ごすの、わたしの戦士チサテーにもう身を捧げることができない苦しみを味わいながら……」

そこで話を止めました。マクナイーマは膝に涙を滴《したた》らせ、ぶるぶる震えながら啜り泣きました。

「もし……もし……もしヘビヘビ女が出てきていたら、ぼくが……ぼくが殺してやるのに！」

そのとき巨大なうなり声が聞こえて、カペイが水のなかから現れ出てきました。カペイというのは蛇女です。マクナイーマは英雄気どりで胸を張り、ばけものの前へと進み出ます。カペイは口をめいっぱい開いて、雲のようなスズメバチの群れを吐き出しました。マクナイーマはハチをばったばったと叩きます。ばけものは先っぽについた鈴がチリンチリンと鳴るムチを振るってきます。でもそのとき、トラクアー蟻が英雄のかかとに噛みつきました。マクナイーマが痛さのあまりしゃがみこむと、ムチはその上を通りすぎてカペイの顔に当たりました。すると彼女はさらにうめいて、マクナイーマの腿《もも》を打ちます。彼がちょこっと身をかわして大きな岩によりかかると、すぱっ！と、ムチがばけもののあたまを切り落としてしまいました。

蛇女の体は川のなかでもだえ苦しみ、優しい目をしたあたまは、かたき討ちを成し遂げた者の足にひざまずいてキスをしようとやってきました。英雄は怖くなって、兄さんたちといっしょに自分が治める森に飛びこみました。

「こっちにおいで、一本足黒んぼのサシーさん、こっちにおいで！」。そうあたまは叫んでいました。三人はもっと速く走ります。一レグア半走ってうしろを見ました。カペイのあたまはまだ彼らを追ってゴロゴロ転がってきます。さらに走って、疲れきってもう走れなくなると、バクパリの木によじ登って、あたまがそのままどこかに行きはしないかと見ていました。でもあたまは木の根元で止まって、バクパリの実をくれと言います。

　マクナイーマは木を揺さぶりました。地面に落ちた木の実を拾って食べたあたまは、もっとくれと言います。ジゲーはバクパリの実を水のなかに落としましたが、あたまはそんなところには行かないよと言います。それでマアナペは、木の実を思いっきり遠くに投げて、あたまがそれを取りに行っているあいだに三人は木から降りて逃げ出しました。走りに走って、一レグア半先でカナネイアの学者が住む家にたどり着きました。老人はドアのそばに座って深遠な文書を読んでいました。マクナイーマは言いました。

「お元気ですか、学者さん？」

「悪くないね、無知な旅人さん」

「涼んでいらっしゃるんですね？」

「その通り《セ・ヴレ》、フランス人が言うようにね」

「じゃあ、またお会いしましょう、学者さん、ちょっと急いでるもので……」

　そしてふたたび駆け出しました。カプテーラ川とモヘッチ川にある太古の貝塚を、ひと息の間に横切りました。そのすぐ先には無人の小屋がありました。三人はそのなかに入って扉を固く閉めました。そのとき、マクナイーマは唇飾り《テンベターー》がなくなっていることに気づきました。シーが残してくれたたったひとつの形見だったので、深い悲しみに暮れました。外に出てその石を捜そうとしましたが、兄さんたちが許してくれません。ほどなくしてあたまがやってきました。ドンドン！と扉をノックします。

「どうしたの？」

「扉を開けて入れてください！」

それで、ワニさん開けたでしょうか？　とんでもない！　あたまは入ることができませんでした。マクナイーマは、あたまが彼のしもべになって来たのであって、悪さをするために来たのではないことを知りません。あたまはずっと待っていましたが、絶対に開けてもらえないとわかると、こんどは何になろうかと考えはじめました。水になったら飲まれてしまう、蚊になったら焼かれてしまう、列車になったら脱線してしまう、川になったら地図に描かれてしまう……。そして「お月さまになろう」と決め、こう叫びました。

「扉を開けて、ちょっとほしいものがあるから！」

マクナイーマは明かり取りからのぞき見て、開けようとしていたジゲーを止めました。

「動き回ってるぞ！」《エスタ・ソウタ》

ジゲーはふたたび扉を閉めました。このせいで、わたしたちが頼まれたことをやらないという意味の「動き回ってるぞ《エスタ・ソウト》！」という表現が存在するのです。

扉を開けるつもりがないのを見て取るとカペイはひどく嘆き、お空へと昇るのを助けてくれないかとオオツチグモにたずねました。

「おれの糸は太陽で溶けちゃうのさ」とツチグモは答えました。

それであたまがシェシェウ鳥たちにお願いして集まってもらうと、まっ暗な夜になりました。

「おれの糸は夜には誰にも見えないのさ」とツチグモは言いました。

あたまはアンデスの山に行って冷気の入ったひょうたんを取ってきて、言いました。

「一レグア半ごとに一滴ずつ垂らすんだ。そうすれば糸は霜で白くなるから。それでわたしたちは進めるでしょう」

クモは地面で糸を作りはじめました。そのあたりに吹いた最初のそよ風で、軽い糸はお空に向かって持ち上がりました。そしてオオツチグモはそれを登っていって、上の先っぽから少しの霜を撒きます。そこからさらに上に向けてオオツチグモがどんどんと糸を作るあいだ、下の糸はすっかり白くなっていきました。あたまは叫びました。

「さようなら、みなさん、わたしはお空に行きます！」

そして糸を食べながら、だだっ広いお空へと登り登りしていきました。三人の兄弟は扉を開けてのぞき見ました。カペイはどんどん登ってゆきます。

「きみは本当にお空に行くの、あたまさん？」

「ウウン」。彼女は口を開くことができないので、それしか言えません。

夜明け前頃に、蛇女のカペイはお空にたどり着きました。糸をたくさん飲み込んだせいで太っちょになり、疲れきったせいでまっ青になっていました。彼女の汗はすっかり、新しい露のしずくとなって大地に落ちていました。凍りついた糸のせいでカペイはあんなに冷たいのです。かつてはカペイは蛇女でしたが、いまではあのだだっ広いお空のお月さまになったあたまです。オオツチグモが夜のあいだに糸を作るのが好きになったのは、このときからなんですよ。

次の日、三人の兄弟は野原を川べりまで歩きました。でも歩いても歩いても空しく、ムイラキタンの影も見当たりません。三人はあらゆる生きものにたずねてみました。アペレーマ亀、猿、アルマジロ、トカゲ、地面で暮らすカメと木の上で暮らすカメ、猛毒のタピウカーバ蜂、ツバメ、フクロウ、キツツキ、アラクアン鳥、ムクドリモドキ、その親類であるスズメバチ、嫁入り時のゴキブリ、タアン！と啼く鳥、それとつがいのタイン！と啼く鳥、ネズミを突つきながら歩くヤモリ、川に棲むタンバキ、トゥクナレー、ピラルクー、クリマターといった魚たち、水かきのあるタピクルー鳥、海辺のイエレレー鳥、ありとあらゆる生きものにたずねてみますが、誰も何も見もせず、何も知りませんでした。三人はふたたび、マクナイーマが皇帝として治める土地を歩き出しました。沈黙と絶望が重くのしかかってきました。ときどきマクナイーマは立ち止まって、あのいじわる女のことを考えます……。彼のなかでどんな想いが渦巻いていたことでしょう！　時を止め、長いあいだ泣きました。涙が英雄の幼い顔を伝って流れ、胸毛の生えたむきむきの胸を濡らします。そしてあたまを揺さぶってため息をつきました。

「兄さんたち！　初恋は実らないんだね！……」

　歩きつづけました。どこに行っても敬われ、黄インコと赤いコンゴウインコの群れがずっとついてきました。

　あるとき、魚獲りに行った兄さんたちの帰りを待って木陰に寝そべっていると、マクナイーマが毎日お祈りを捧げていた牧童の黒んぼ神さま《ネグリーニョ・ド・パストレイロ》が、この哀れな者を不憫《ふびん》に思って、手を差し伸べることにしました。そしてウイラプルー鳥を遣わします。英雄が突然、ごとごとと落ち着かなげな音を耳にしたとき、ウイラプルーが彼の膝に止まりました。マクナイーマは面倒くさそうなしぐさをして、ウイラプルーを追い払います。でもまたすぐに物音が聞こえて、鳥は彼のおなかに止まりました。マクナイーマはもううんざりしさえしません。するとウイラプルーが優しく歌いはじめましたが、英雄にはこの鳥が歌うことがみんなわかりました。マクナイーマは川べりでバクパリの木に登ったときムイラキタンを失って、不幸のどん底にいたのです。ウイラプルーの嘆き歌はこう歌っていました。マクナイーマが幸せになることはもう二度とないでしょう。だって川ガメがムイラキタンを飲み込んで、漁師がカメをつかまえて、その緑色の石をヴェンセスラウ・ピエトロ・ピエトラというペルーの商人に売ってしまったんですからね。お守り《タリスマン》を手に入れたその人は大農場主になり、チエテー川が流れる巨大な街サンパウロでお金持ちになっていますよ。

　そんなことを話すと、ウイラプルー鳥は空中に一文字描くようにして飛び去りました。兄さんたちが漁から戻ってくると、マクナイーマは彼らに話しました。

「鹿をおびき寄せようとして小径を歩いてたんだ、そしたら背中に寒気を感じてさ。手をやってみたらおとなしいムカデが出てきて、本当のことをぜんぶ話してくれたんだ」

そしてマクナイーマはムイラキタンの在り処《あか》について話し、サンパウロに行ってそのヴェンセスラウ・ピエトロ・ピエトラとかいうやつを探して盗まれた唇飾り《テンベター》を取り返すつもりだ、と兄さんたちに告げました。

「……もしムイラキタンを見つけられなかったら、ガラガラヘビが巣を作ればいいさ！　もし兄さんたちがいっしょに来てくれるならすごくうれしいけど、来ないとしても変なやつがついてくるよりはましだよ！　ぼくは頑固者だからひとつ考えついたらそこにしっかり踏んばるのさ。サンパウロに行ってウイアプルー鳥の、じゃなくてムカデの鼻をへし折ってやるんだ！」

演説をぶち終えると、マクナイーマは小鳥を出し抜いてやることを想像してげらげら笑いました。マアナペとジゲーはいっしょに行くことにしました。だって、英雄がひとりで行ったら危ないでしょうからね。

第五章

巨人のピアイマン

次の日、マクナイーマは朝早くから丸木舟に飛び乗って、良識をマラパター島に置いていくためにネグロ川の滝のところまでやってきました。サウーヴァ蟻に食われてしまわないように、十メートルもあるハシラサボテンのてっぺんにそれを置きました。それから兄さんたちが待つところまで戻って、日盛りに三人は太陽の女神の左側に向かって漕ぎはじめました。

この旅では、乾燥平原《カアチンガ》、川、早瀬、原野、流水でできた溝、粘土の回廊、処女密林、奥地《セルタオン》の奇蹟を通り抜け、そのあいだにたくさんのことが起こりました。マクナイーマはふたりの兄さんといっしょにサンパウロに行くつもりでした。アラグアイア川のおかげで、三人の旅は楽ちんでした。英雄はこれまでにあんなにたくさんの偉業を成し遂げていながら、小銭一枚たりとも貯めておきませんでした。でも、お星さまになったシーから受け継いだ財宝がホライーマ州のほら穴に隠してありました。その財宝からマクナイーマはこの旅のために、そのあたりで昔からお金として使われているカカオの粒を、四〇〇〇万の四十倍もの数ほど取り分けました。それでたくさんの舟を賄《まかな》いました。川面を矢が滑ってゆくように、二〇〇ものカヌーが一艘《いっそう》一艘つながれ、その力でアラグアイア川を上ってゆく姿は美しいものでした。マクナイーマは先頭に立ち、まじめくさった顔をして遠くにサンパウロの街を探します。お星さまになったシーを指差しすぎたせいでイボまみれになった指をちゅぱちゅぱしゃぶりながら考えに考えていました。兄さんたちは蚊を追い払いながらカヌーを漕ぎ、櫂《かい》を水から引き上げるたびにその音は二〇〇艘のひとつなぎになったカヌーに響き渡り、たくさんのカカオ粒が川面にぶちまけられて、うしろにチョコレートの航跡を作り出すと、カムアター、ピラピチンガ、ドウラード、ピラカンジューバ、ウアル・ウアラー、バクーといった魚たちがそこではしゃぎ回りました。

あるとき太陽の女神が三人を鱗のような汗で覆うと、マクナイーマは久しぶりに水浴びをしたくなりました。でも川には、ばらばらになった仲間の肉片を争って、群を成して水から一メートル以上も飛び跳ねる恐ろしいピラニアがいたので、水浴びはできません。そのときマクナイーマは川のどまんなかに、水でいっぱいの窪みのある岩穴を見つけました。その窪みは巨人の足跡みたいでした。三人は近づいていきます。水が冷たいので何度も叫んだあと、英雄は窪みに入って全身を洗いました。

ところが、岩穴のなかのその窪みは、スメーという聖人がブラジルのインディオたちにイエスさまの福音を説いて回っていた頃の大きな足跡で、水には魔法がかかっていたのです。英雄が水から上がると、肌は白く、髪は金色に、瞳は青くなっていました。水が彼の黒い色を洗い落としたのです。彼がまっ黒くろのタパニューマ族の息子だということはもう誰にもわからなそうでした。

ジゲーはその奇蹟に気づくやいなやスメーの大きな足跡のなかに飛び込みました。でも水はすでに英雄の黒い色ですっかり汚くなっていたので、ジゲーがどんなに狂ったように体のあちこちに水をかけてみても、新しい銅《あかがね》のような色になっただけでした。マクナイーマは憐れんでなぐさめました。

「ねえ、ジゲー兄さん、兄さんは白くはならなかったけど、黒は薄くなったし、鼻づまりしてても鼻がないよりはまし、って言うしさ」

次にマアナペが体を洗いに行きましたが、すでにジゲーが魔法の水をすっかりばしゃばしゃと窪みの外にこぼしてしまったあとでした。底のほうにちょこっと残っていた水で、マアナペは足の裏と手のひらを濡らすことができただけでした。そのためにタパニューマ族の息子そのものの黒い肌のままになったのです。ただ、手のひらと足の裏だけはその聖なる水で洗ったために赤いのです。マクナイーマは憐れんでなぐさめました。

「悔しがっちゃだめだよ、マアナペ兄さん、悔しがっちゃだめだよ、ぼくたちの伯父さんのユダはもっと苦しんだんだから！」

ひとりは金髪、ひとりは赤い肌、もうひとりは黒い肌、岩穴に差す陽の光を浴びて裸ですらりと立った三人兄弟の姿は、それはそれは美しいものでした。森の動物たちがみんなびっくりしてのぞき見ていました。ウーナワニ、チンガワニ、アスーワニ、ほお袋が黄色いウルラウワニといったワニたちみんなが、石のような目を水から出していました。川べりのインガーの木、アニンガの木、マモラーナの木、エンバウーバの木、カタウアリの木の枝では、カツラザル、リスザル、ホエザル、クモザル、ヨウモウザル、コシウーザル、ノドジロオマキザルといった、ブラジルにいる四十種類のサルすべてが、よだれを垂らして羨ましがりながらのぞき見ていました。サビアシーカ、サビアポーカ、サビウーナ、サビアーピランガ、エサを独り占めするサビアー鳥たちも、サビアーバハンコ、サビアートロペイロ、オレンジノキサビアー、サビアーグッチといったものたちみんながびっくりしてさえずりを止めるのも忘れて、大声で啼きに啼きました。マクナイーマはうんざりしました。両手をおしりに当てて森のみんなに向かって叫びました。

「見世物じゃないぞ！」

すると森の生きものたちは散り散りになって自分たちの生活に戻ってゆき、三人はふたたび歩みはじめました。

しかしチエテー川が流れる地にやってくると、そこではお金とかいうものが流通していて、昔から使われている通貨はカカオではなくて、真鍮銭《アラーミ》とかコントとかコンテーコとか千《ミル》レイスとかボローとかトスタォンとか二〇〇レイスとか五〇〇レイスとか五〇パウとか九〇バガロッチとか紙幣《ペレーガ》とか蛇《コブラ》とかシェンシェン銅貨とかビタ銭《カラミングアー》とか証紙とかフクロウのクチバシとかマスニとか大金《ボラーダ》とかカウカーレオとかジンブラとかシリドー綿とかオカマとかパタラーコ草とかと呼ばれていて、その地では二万カカオ払っても靴下留めひとつ買えやしないのです。マクナイーマはすっかりうんざりしてしまいました。英雄である自分が働かなければならないなんて……。マクナイーマはがっかりしてつぶやきました。

「あぁ！　めんどくさ！……」

計画をあきらめて、自分が皇帝であるふるさとの地に帰ることに決めました。でもマアナペはこんなふうに言います。

「ばかなことはよせ！　カニが一匹死んだくらいでマングローブの森のみんなが喪に服すわけじゃないさ！　くそ！　おれがなんとかしてやるからがっかりするんじゃないぞ！」

三人がサンパウロに着くと、食べものを買うために宝を袋に少し残して、残りをお金に換えて調べてみると、八〇〇〇万レイスくらいあります。マアナペはまじない師でした。八〇〇〇万レイスは大した価値のある金額ではありませんが、英雄はよく考えて兄さんたちに言いました。

「がまんしなきゃ。ぼくたちはこれだけで何とかするよ。馬に蹄鉄を付けたくなけりゃ自分の足で歩く、さ……」

そのお金でマクナイーマは暮らしたのでした。

そして、三人兄弟がチエテー川の岸辺に広がる巨大な都市サンパウロと出会ったのは、ある寒い宵《よい》の口のことでした。最初に啼き声を上げ、英雄に別れを告げたのは皇帝オウムたちでした。ついでいろんな色の鳥たちの群れが北の森へと帰っていきました。

三人がある原っぱ《セハード》に行くと、そこにはイナジャー椰子《やし》、オウリクリ椰子、ウブズスー椰子、バカーバ椰子、ムカジャー椰子、ミリチ椰子、トゥクマン椰子が生えていて、そのてっぺんには葉っぱやココの実ではなく、ふわふわとした煙が実っているのでした。霧雨に濡れて白くなったお空からお星さまがみんな落ちてきていて、街じゅうを騒がせていました。マクナイーマはシーを探そうとしました。あぁ！　彼女のことだけはけっして忘れることができません。というのも、シーはじゃれあうための魔法のハンモックを自分の髪で編んでいたので、彼女は忘れられない存在になっているのです。マクナイーマは探しに探しますが、どんな道もどんな場所も、まっ白い、まっ白しろの女の子《クニャン》たちでいっぱいです！……。マクナイーマはうめき声を上げました。マクナイーマは女の子たちをなでなでしながら、あまりの美しさにうっとりと我を忘れて、「マニ！　マニ！　木芋《マンヂオッカ》のお嬢さんたち……」と、そのなきがらから最初のマンヂオッカが芽吹いたという白い肌のインディオの娘、マニの名前を優しく囁《ささや》きました。そして三人の女の子を選びました。パラナグアーラ山よりも高い小屋《マロッカ》のなかの、地面に固く突き立てられたへんてこなハンモックで彼女たちとじゃれあいました。それから、そのハンモックは固すぎたので女の子たちの体の上に斜交いになって眠りました。その夜の値段は四〇万レイスでした。

英雄のあたまはごちゃごちゃになっていました。下の道路の恐ろしい小屋群《マロッカ》のあいだで獣たちが放っているうなり声で、目を覚ましました。それに、マクナイーマが夜を過ごしたこの巨大な丸太小屋《タピリ》の上まで彼を運んできた、あの大きなオナガザルといったら……。この世界には何という獣たちが棲んでいるのでしょう！　吠える子さらい鬼、マウアリ鬼、ジュルパリの神さま、一本足黒んぼのサシー、火吹き蛇のボイタターが、小径に、ほら穴に、峡谷が広がるいくつもの丘に。その丘からは、とっても白い、まっ白い人の群れが出てきましたが、マンチオッカの子どもたちにちがいありません！……。英雄のあたまはごちゃごちゃになっていました。女の子たちは笑って、その大きなオナガザルというのはサルなんかじゃなくてエレヴェーターという機械なのよ、と彼に教えてくれました。朝早くに彼女たちは、あのさえずりも、うなり声も、危険を知らせる叫び声も、口笛の音も、いびきも、吠える音も、みんな本当はそんなものじゃなくて、クラクションとか、呼び鈴とか、警笛とか、ブザーとかというもので、みんな機械なのよ、と教えてくれました。ピューマはピューマではなくて、フォードとかハップモービルとかシボレーとかドッジとかマーモンとかと呼ばれている機械なのでした。アリクイ、火吹き蛇のボイタター、煙を実らせた椰子の木は本当は、トラック、路面電車、バス、ネオンサイン、時計、信号、ラジオ、オートバイ、電話、心づけのチップ、道路標識、煙突なのでした……。それはみんな機械というもので、街のなかのあらゆるものが機械なのでした！英雄は黙って聴きながら学んでいきました。ときどきぶるっと身震いします。またじっと動かなくなって、驚き、耳を傾け、おののき、何か考え込んでいました。ねたみに満ちた敬意を、本当に強いその女神に対して覚えました。マンチオッカの子どもたちが「キカイ」と呼ぶ偉大なる真の神さまトゥパンは、水の精《マンイ・ダグア》よりも歌が好きで、いろんな騒音で人を驚かすのでした。

そこでマクナイーマは、マンチオッカの子どもたちの皇帝にもなってやろうと、キカイとじゃれあうことに決めました。でも三人の女の子たちはばか笑いして、その神さまとか何とかっていうものは古くさい大嘘で、神さまなんていない、誰も機械とじゃれあいなんかしないわ、だって殺されちゃうから、と言うのでした。機械は神さまじゃなくて、あなたが大好きな女らしさも持ってないのよ。それは人間によって作られたものなの。電気とか火とか水とか風とか煙とか、自然の力を人間が使って動くものなのよ。でも、ワニさんそんなこと信じたでしょうか？　もちろん英雄だって信じられません！　ベッドの上で立ち上がってばかにするしぐさをします、とう！　左の前腕を、右の腕を曲げた内側で打って、三人の女の子たちに向けて右手首を力強く揺さぶって出ていきました。人びとが語り伝えるところによれば、「パコーヴァ」と呼ばれる侮蔑のしぐさを彼が考え出したのはそのときのことだったそうです。

そして、兄さんたちといっしょにとある宿屋に落ち着きました。サンパウロでのあの最初の愛の夜のせいで、口のなかにイボがいっぱいできていました。治す方法もなく痛くて痛くてうめいていましたが、マアナペが盗んできた聖具室の鍵をマクナイーマがちゅぱちゅぱしゃぶると、すっかりよくなりました。マアナペはまじない師だったのです。

マクナイーマはそれから一週間、食わずじゃれあわず、マンヂオッカの子どもたちがキカイに対して挑む、勝ち目のない戦いについて考え込みました。キカイは人間を殺しますが、そのキカイを操っているのは人間なのです……。神秘もなければ意志もなく、疲れもしないキカイは、それ自体では不幸の原因を説明することのできないもので、その主《あるじ》は神秘も力もないマンヂオッカの子どもたちだということを確めて、びっくりしました。そんなこんなでふるさとが懐かしくなりました。ある夜、高層ビルのテラスに兄さんたちといっしょにいるとき、マクナイーマはこういう結論に達しました。「この戦いでマンヂオッカの子どもたちはキカイには勝てないし、キカイも勝てない。引き分けなんだ」

まだ演説をぶつのには慣れていなかったのでそれ以上は何も言いませんでしたが、胸はわけがわからなくなるくらいドキドキと高鳴っていました！ キカイは人間には支配されない神さまにちがいない、というのも人間たちがそこから作り出したのは、理に適《かな》った女神イアーラではなくて「世界の現実」とやらだけだったから、と思いついたのです。彼の思考は、そのごちゃごちゃとした考えのなかからとっても明るい閃きを引き出したのです。キカイは人間で、人間はキカイなんだ、と。マクナイーマはげらげら笑いました。ふたたび自由になったのに気づいてすっかり満足しました。ジゲーを電話に変えてキャバレーに電話をして、ロブスターとおフランス娘を注文しました。

次の日、ばか騒ぎに疲れきってしまったせいで、郷愁《サウダーヂ》が込み上げてきました。ムイラキタンのことを思い出してすぐにも動き出す決意を固めました。というのも、蛇をやっつけるには最初の一発がかんじん、だからです。

ヴェンセスラウ・ピエトロ・ピエトラは、マラニャォン通りの奥、パカエンブーの日陰谷を見渡す、森に囲まれたすばらしい小屋《テジュパール》に住んでいました。マクナイーマはマアナペに、ヴェンセスラウ・ピエトロ・ピエトラとぜひ知りあいになりたいからあそこまで行ってみるつもりだと言いました。マアナペは演説をぶって、その商人はかかとを前向きにして歩くばけものだから、行ったらまずいことになるぞ、と言いました。神さまがそんなふうにお創りになったのは何か悪いことをした罰なのでしょう。まちがいなくひどい悪霊《マヌアリ》です……。もしかしたら人食い巨人のピアイマンかもしれません！……。でもマクナイーマは気にしませんでした。

「ぼくはそれでも行くよ。我を知る者は我を讃える、我を知らぬ者もまた讃えるやいなや、さ！」

それでマアナペは弟について行きました。

商人の小屋《テジュパール》のうしろにはカシュー、カジャー、カジャマンゴー、マンゴー、パイナップル、アヴォカド、ジャボチカーバ、グラヴィオーラ、サポチ、ププーニャ、ピタンガ、黒人女のわきのしたの匂いがするグアジルーといった、あらゆる果物を実らせるジャラウーラ・イエーギというとても背の高い神樹が生えていました。ふたりの兄弟はおなかを空かせていました。ふたりはサウーヴァ蟻が噛み切った葉っぱを使って、果物をむさぼっている獣を矢で射るための隠れ場所、木の葉の盾《ザイアクーチ》を作りました。マアナペはマクナイーマに言いました。

「いいか、もしどっかの小鳥が歌い出しても答えるんじゃないぞ、さもないともうおしまいだからな！」

英雄は首を縦に振ってわかったと答えます。マアナペは吹き矢を放ち、マクナイーマは木の葉の盾《ザイアクーチ》のうしろで落ちてきた獲物を拾い集めます。獲物はどすんどすんと落ちてきて、マクナイーマは、オオシギダチョウ、サル、オマキザル、鳳冠鳥《ムトゥン》、シャクケイ、ヒメシギダチョウ、オオハシといった獲物をみんな受け止めます。暇を持てあましていたヴェンセスラウ・ピエトロ・ピエトラはその大きな物音を聞きつけていったい何だと思ってやってきました。ヴェンセスラウ・ピエトロ・ピエトラは人食い巨人ピアイマンでした。家の扉のところまでやってきて鳥みたいに歌い出します。

「オゴロー！　オゴロー！　オゴロー！」

とても遠くにいるようでした。マクナイーマはすぐに答えました。

「オゴロー！　オゴロー！　オゴロー！」

それが危ないと知っていたマアナペは囁きます。

「隠れるんだ！」

英雄は死んだ獲物やアリたちに紛れ込むように木の葉の盾《ザイアクーチ》のうしろに隠れました。そのとき巨人がやってきました。

「答えたのは誰だ？」

マアナペは答えました。

「知らないいなぁ」

「答えたのは誰だ？」

「知らないいなぁ」

それが十三回繰りかえされました。巨人は言いました。

「人間だったぞ。誰なのか見せてみろ」

マアナペは死んだオオシギダチョウを投げつけました。ピアイマンはオオシギダチョウを呑みこんで言いました。

「人間だったぞ。誰なのか見せてみろ」

マアナペは死んだサルを投げつけました。ピアイマンはそれを呑みこんで続けました。

「人間だったぞ。誰なのか見せてみろ」

そのときピアイマンは隠れていた英雄の小指を見つけて、その方向に矢を放ちました。痛ぁああい！という長い叫び声が聞こえ、心臓に矢が刺さったマクナイーマはしゃがみこみました。巨人はマアナペに言いました。

「おれが仕留めた人間をよこせ！」

マアナペは、ホエザル、ヒメシギダチョウ、鳳冠鳥《ムトゥン》、平地のムトゥン、ソラマメムトゥン、シジュウカラ、ナンベイウズラ、カンムリムトゥンといった獲物を投げつけますが、ピアイマンはそれらを呑みこんでしまうと、自分が仕留めた人間をよこすようにマアナペに言います。英雄を渡したくないマアナペは獲物を投げつづけました。長いことそんなふうにやりあっていると、マクナイーマは死んでしまいました。とうとうピアイマンは恐ろしい叫び声を上げました。

「マアナペよ、おしゃべりは終わりだ！　おれが仕留めた人間をよこさないならおまえを殺すぞ、この古ダヌキ野郎！」

マアナペは弟を投げるつもりは少しもなかったので、オオシギダチョウ、シャクケイ、カオグロナキシャクケイ、ホロホロチョウ、レンサクの六羽の獲物をいちどにつかんで地面に投げつけると、こう叫びました。

「六つ取れ！」

ピアイマンはカンカンに怒りました。アカプラーナの木、アンジェリンの木、アピオーの木、カララーの木、四本の枝をつかんでマアナペを見下ろすところまでやってきました。

「そこをどけ、ブタ小屋野郎！　ワニには首はない、アリに核はない！　おれさまの爪の先には四本の木の枝だぞ、にせものの獲物ばかり投げやがって！」

するとマアナペはすっかり震えあがって、どすん！と英雄を地面に投げてしまいました。マアナペはこんなふうにしてピアイマンといっしょに「トゥルーコ《トゥルッキ》」というすばらしい遊びを発明したんですよ。

ピアイマンは満足しました。

「これだよ」

死人の足を持って引きずって行き、家に入りました。マアナペは悲しみに暮れて木から降りてきました。死んだ弟のあとを追って進んでゆくとき、カンビジッキというサララー蟻に出会いました。サララー蟻はこうたずねます。

「こんなところで何をやってるんだい！」

「弟を殺した巨人を追いかけてるのさ」

「おれも行ってやるよ」

するとカンビジッキは地面や枝に飛び散った英雄の血をみんな吸って、さらに巨人の足跡をマアナペに示しながら道中ずっと血を一滴一滴吸っていったのでした。

ふたりは巨人の家に入り、広間とダイニングルームを横切り、食器室を過ぎて横のテラスへと出て、地下室の前で立ち止まりました。マアナペがチュチュワシの木のたいまつに火を点けると、まっ暗な階段を降りてゆくことができました。地下食糧庫の扉のところに血の最後の一滴を探り当てました。扉は閉まっていました。マアナペは鼻をぽりぽりかいてカンビジッキにたずねます。

「で、どうする!」

すると扉の下からノミのツレツレーギが這い出てきて、マアナペに聞き返しました。

「どうするって何のこと?」

「弟を殺した巨人を追ってきたんだ」

ツレツレーギは言いました。

「わかった。じゃあ目を閉じてくれよ」

マアナペは目を閉じました。

「目を開けてくれよ」

マアナペが目を開けるとノミのツレツレーギはイエール錠に変身していました。マアナペはその鍵を床から取り上げて扉を開けました。ツレツレーギはノミの姿に戻って教えてくれました。

「いちばん上にあるボトルを使えばピアイマンに勝てるよ」

そして姿を消しました。マアナペは十本のボトルを取ってふたを開けると、素晴らしいアロマが漂ってきました。それはキアンティと呼ばれている有名な木芋酒《カウイン》なのでした。そしてマアナペは食糧庫の別の部屋に入りました。巨人はそこに妻といっしょにいました。妻はいつもパイプを吹かしているセイウシーという名前の年寄りの森の精《カアポーラ》で、ひどい食いしん坊です。マアナペは、ヴェンセスラウ・ピエトロ・ピエトラにはキアンティのボトルを渡し、森の精《カアポーラ》のセイウシーにはアカラーの木のタバコをひと切れ渡すと、ふたりはこの世界の存在を忘れ去ってしまいました。

刻まれて二十の三十倍の数の肉切れになってしまった英雄は、ブクブクと沸く玉蜀黍粥《ポレンタ》のなかにプカプカ浮かんでいました。マアナペは肉のかけらと骨とを集めて、冷ますためにセメントの上に広げました。冷めると、サララー蟻のカンビジッキは吸い込んでいた血をそこに吹きかけました。マアナペは血のかかったかけらをみんなバナナの葉で包んでその包みをカゴに入れ、宿屋に戻りました。

宿に着いて、カゴを立ててそこに煙を吹き込むと、まだトウモロコシの練り菓子《パモーニャ》みたいにふにゃふにゃで弱り果てていましたが、マクナイーマが葉っぱのなかから出てきました。マアナペがグアラナーの実を弟に食べさせると元気を取り戻しました。マクナイーマは蚊を追い払いながらたずねました。

「ぼくはいったいどうしたの？」

「だからおれが言わなかったか、小鳥の歌に答えちゃだめだぞって！　ちゃんと言ったはずなのになぁ！……」

次の日、目を覚ますとマクナイーマは猩紅熱《しょうこうねつ》に浮かされて、そのあいだずっとヴェンセスラウ・ピエトロ・ピエトラをやっつけるためには拳銃とかいうキカイが必要だぞと思いつづけていました。治るやいなやイギリス人たちの家にスミス&ウェッソンをひとつくださいとお願いしに行きました。イギリス人たちは言いました。

「銃の実はまだ青いけど、時季外れのやつがあるかどうか見に行ってみよう」

そして銃の木の下に行きました。イギリス人たちは言いました。

「きみはここで待っていなさい。もし銃が落ちてきたら受け止めるんだ。でも地面に落としちゃだめだぞ!」

「わかった」

イギリス人たちがゆっさゆっさと木を揺らすと、早生りの銃が落ちてきました。イギリス人たちは言いました。

「そいつはもう熟してるな」

マクナイーマはお礼を言って立ち去りました。他のみんなに自分が英語をペラペラ話せたことを信じてもらおうとしましたが、本当は「スウィートハート」とさえ言わなかったのです。本当に話せたのは兄さんたちのほうでした。マアナペも銃や銃弾やウィスキーをほしがりました。マクナイーマは助言します。

「マアナペ兄さんは英語は話せないでしょ、行きはよいよい帰りはみじめ、だろうねぇ。銃をお願いしたら缶詰をくれた、なんてこともあるかもしれない。ぼくが行ってあげるよ」

そしてまたイギリス人たちと話をしに行きました。銃の木の下でイギリス人たちは枝を揺らしてみますが、銃は一挺も落ちてきません。次に銃弾の木の下に行ってイギリス人たちが揺さぶると銃弾がどっさりと落ちてきたので、マクナイーマはそれが地面に落ちてから拾い集めました。

「あとはウィスキーがほしいんだよ」

ウィスキーの木の下に行って、イギリス人たちが揺さぶると二箱が落ちてきたので、マクナイーマはそれを空中で受け止めました。マクナイーマはお礼を言って宿屋に戻りました。宿に着くとウィスキーの箱をベッドの下に隠して、兄さんたちに言いに行きました。

「ぼくは英語で話したんだよ、でもピューマ蟻の大群が通りすぎてぜんぶ食べちゃったあとだったから、銃とウィスキーはなかったんだ。弾は持ってきたよ。ぼくの銃をあげるから誰かがぼくに悪さをしにきたらぶっ放してやってよ」

そしてジゲーを電話機に変えて巨人に電話をかけて、巨人のお母さんの悪口を言ってやったのでした。

第六章

おフランス娘と巨人

マアナペはコーヒーが大好きで、ジゲーは眠るのが大好きでした。マクナイーマは三人で住むための差掛小屋《パピリ》を建てたいと思っていましたが、ちっともできあがりそうにありません。一日中、ジゲーは眠っていましたし、マアナペはコーヒーを飲んでいたので、手助けしてもらえなかったのです。英雄はぷりぷり怒りました。手に取ったスプーンを小さなムカデに変えて言いました。

「さあ、おまえはコーヒーの粉のなかにもぐり込むんだ。マアナペ兄さんが飲みにきたら舌を噛んでやるんだぞ！」

それから綿の枕をつかんで、白いイモ虫に変えて言いました。

「さあ、おまえはハンモックにもぐり込むんだ。ジゲー兄さんが寝に来たら血を吸ってやるんだぞ！」

マアナペがまたコーヒーを飲むために、宿屋に入ってきます。ムカデはその舌をチクっとやりました。

「痛っ！」とマアナペは言いました。

マクナイーマはいじわるく言います。

「痛いの、兄さん？　ぼくなんかムカデに噛まれても痛くないけどね」

マアナペは怒りました。ムカデをはるか遠くに投げて、こう言います。

「どっかに行け、害虫め！」

それからジゲーがひと眠りするために宿屋に入ってきました。まっ白なイモ虫は、ジゲーの血をたくさん吸ったせいでピンク色になりました。

「痛っ！」とジゲーは叫びました。

マクナイーマは言います。

「痛いの、兄さん？　でもさあ！　ぼくなんかイモ虫に血を吸われたら気持ちいいくらいだけどなぁ」

ジゲーは怒ってイモ虫を遠くに投げて言います。

「どっかに行け、害虫め！」

そして三人兄弟は小屋《テジュパール》を建てていったのです。マアナペとジゲーが一方にいて、マクナイーマはもう一方にいて兄さんたちが投げたレンガを受け取りました。マアナペとジゲーはまだぷりぷり怒っていて、弟に仕返ししてやろうと考えていました。英雄はこれっぽっちもあやしんでいません。それでジゲーがレンガをひとつつかんで、でもあんまり痛くないように、それをかちかちに堅い革のボールに変えました。前にいたマアナペにボールを渡すと、マアナペはそれを蹴ってマクナイーマにぶつけました。英雄の鼻はぺしゃんこになってしまいました。

「痛いっ！」と英雄は言いました。

兄さんたちはいじわるく叫びました。

「やぁい！　痛いんだってよ！　でもおれたちなんかボールがぶつかっても痛くないけどなぁ！」

マクナイーマはカンカンに怒ってボールをはるか遠くに蹴って、言いました。

「どっかに行け、疫病め！」

そして兄さんたちのところにやってきました。

「もうぼくは小屋《パピリ》なんて作らないよ！」

そしてレンガや石や屋根や金具を雲のようなサウーヴァ蟻の大群に変えると、それは三日間サンパウロを覆いました。

ムカデはカンピーナスに落ちました。イモ虫はそこらへんに落ちました。ボールは運動場に落ちました。マアナペはコーヒー虫を生み出し、ジゲーは綿花を食べるピンクイモ虫を生み出し、マクナイーマはサッカーを生み出し、こうしてブラジルの三大害虫が生まれたのです。

次の日、英雄は、まだあのいじわる女のシーのことを考えながら、自分がすっかり落ち込んでしまっていることや、ヴェンセスラウ・ピエトロ・ピエトラに顔をよく知られてしまったのでもうマラニャォン通りに現れることはできないことに気づきました。考えに考えて、十五時くらいにあることを思いつきました。巨人をだますのです。鹿骨笛《メンビ》を喉に仕込んで声を高くし、ジゲーを電話機に変え、ヴェンセスラウ・ピエトロ・ピエトラに電話をかけて、おフランス娘が商売とかいうキカイのことであなたと話したがっている、と言いました。相手はいいだろうと答え、古女房のセイウシーがふたりの娘を連れて出かけていてゆっくり話しあえるからいますぐに来させろ、と言いました。

そこでマクナイーマは、宿屋のおかみさんからいくつかきれいなものを借りました。ルージュとかいうキカイ、絹の靴下とかいうキカイ、トウダイグサの殻の香りのするコンビネゾンとかいうキカイ、カヤツリグサの香りをつけたコルセットとかいうキカイ、パチュリ草の汁を染み込ませたデコルテとかいうキカイ、手袋とかいうキカイといったきれいなものを身に着けて、胸にはバナナの花房を詰め込みました。さらに完璧にするためにコンペッシの木の青で子どもっぽい瞳に色をつけると、あでやかになりました。たくさん身に着けたので重くなってしまいましたが、とっても美しいおフランス娘になって、さらにミモザの香りを焚きつけ、にせもののおっぱいが壊れないようにアブラギリの細枝を刺して留めました。そしてヴェンセスラウ・ピエトロ・ピエトラの豪邸へと向かいました。ヴェンセスラウ・ピエトロ・ピエトラは人食い巨人のピアイマンです。

宿屋を出ると、マクナイーマはしっぽがハサミになっているハチドリに出くわしました。それは不吉な徴《しるし》だったのでいやな気分になって、逢い引きをすっぽかしたくなりましたが、でも約束は約束なので魔除けのおまじないをして先に進みました。

家にたどり着くと、巨人は門のところで待っていました。大仰なあいさつをたくさん交わしたあとでピアイマンはおフランス娘に付いていたノミを取り、支柱はアカリコエーラの木で、垂木はイタウーバの木で作られた、それはそれは美しい寝室に連れ込みました。床はムイラピランガの木とシロケブラコの木とでチェス盤模様になっていました。寝室にはさらにマラニャォン州産の名高い白いハンモックも吊ってあります。まんなかには彫刻を施したジャカランダーの木のテーブルがあり、バナナの葉の糸で編まれたレースの上にブレーヴィスの白と赤の磁器、ベレンの陶器が飾ってあります。グナニー川の洞穴に由来する巨大な鍋のなかから、トゥクピーという香辛料を効かせたエビのスープの香りが漂っていました。コンチネンタル社の冷蔵庫から取り出したサンパウロの人間、ワニのすね肉、玉蜀黍粥《ポレンタ》で作られたタカカーというスープです。ワインはといえば、イキートスからはるばる運ばれてきたプーロ・ヂ・イサ、ミナス・ジェライス州産のポルト風ワイン、玉蜀黍酒《カイスーマ》の八十年もの、よく冷えたサンパウロ州産のシャンパーニュ、名高いけれど三日間続く雨みたいにまずいジェニパーポの実のエキスがありました。それにモンチ・アレグリ産の、ナイフで絵が彫られた黒く輝くクマテーの木でできた器には、たくさんの切り紙といっしょにファルキ社の最高級のボンボンとリオグランヂ州のビスケットがこんもりと、美しい形に盛りつけられていました。

おフランス娘はハンモックに座り、優美なしぐさでモグモグやりはじめました。おなかがペコペコだったのでたくさん食べました。景気づけにプーロを一杯やって、意を決して本題に入ることにしました。巨人さんがワニの形をしたお守り《ムイラキタン》を持っているというのは本当ですか、と開口一番たずねます。巨人はなかのほうに入っていって巻き貝を手にして戻ってきました。そしてそのなかから緑の石を引っぱり出しました。それはムイラキタンです！　マクナイーマは胸がいっぱいになるあまり、体のなかに寒気を感じて泣きそうになりました。でもうまく取りつくろって、巨人さんはその石を売る気はないかとたずねます。しかしヴェンセスラウ・ピエトロ・ピエトラは気取ったウィンクをしながら、その石を売ることはできないと言いました。するとおフランス娘は、じゃあその石を借りて家に持って帰らせてほしいとねだりました。ヴェンセスラウ・ピエトロ・ピエトラはふたたび気取ったウィンクをして、貸すのもだめだと言いました。

「そんなふうにちょこっと微笑んでみせればおれが折れるとでも思ってるのか？　ばかめ！」

「でもその石がすごくほしいのです！……」

「ほしがってりゃいいさ！」

「まあ、どうでもいいんですけどね、行商人さん！」

「行商人だと、フランス女め！　黙れ！　おれはコレクターさ！」

巨人はなかに入ると、石でいっぱいの大きな編みカゴを担いで戻ってきました。そこにあったのは、トルコ石、エメラルド、緑柱石、つるつるの石ころ、尖った形の金具、クリスタル、ちりんちりん鳴る水滴、金剛砂、薄片、鳩のタマゴみたいな石英、馬の骨みたいな火打石、荒削りのもの、山刀、石のかけらのついた矢、お守り、岩、ゾウの形の石、ギリシアの柱、エジプトの神像、ジャワの仏像、オベリスク、メキシコのテーブル、ギアナの黄金、イグアペの鳥の形の石、アレグリ川のオパール、グルピ川のルビーとガーネット、ガルサス川のイタモチンガ鉱、ヴパブスーのイタコルミートと呼ばれる石英とトルマリン、ピリアー川のチタンの塊、マカーコ河岸のボーキサイト、ピラーバスの化石、カメターの真珠、あの高い山の上から巨嘴鳥《トゥカーノ》の父神さまのオアッキが吹筒で飛ばしてきた巨大な岩、カラマーリのリトグラフなどで、それらがみんなカゴに入っていました。

それからピアイマンはおフランス娘に、自分は名高いコレクターで、石をコレクションしているのだと話しました。おフランス娘は本当は英雄のマクナイーマでした。ピアイマンは、コレクションのなかでもすばらしいのは他でもないワニの形のムイラキタンで、それはジャシルアー湖のほとりでアマゾン族の女王から千コントで買ったのだと教えてくれました。そんなのはみんな巨人の嘘っぱちでした。それから彼はハンモックの、おフランス娘のとっても！近いところに腰かけて、大したことじゃない、いくら払ってもその石は売りも貸しもしないけれど、あげてもいいんだよ、と囁《ささや》きかけました。「ただし……」。巨人はおフランス娘とじゃれあいたかったのです。ピアイマンの素振りからその「ただし」が何を意味しているのかを察すると、英雄はそわそわしはじめました。「もしかしたら巨人は本当にぼくがおフランス娘だと思ってるのかな！……」。ふざけるなよ、恥知らずのペルー野郎！」と考えます。そして庭を走って逃げました。巨人はあとを追って走ってきました。おフランス娘は身を隠そうと茂みに飛び込みますが、そこには黒人の女の子がいました。マクナイーマは彼女に囁きました。

「カテリーナ、ちょっとどいてくれる？」

カテリーナはぴくりともしません。マクナイーマは早くもうんざりして囁きます。

「カテリーナ、どいてくれないとぶっちゃうぞ！」

黒人の女の子はどきません。そしてマクナイーマがじゃまものを一発ぶってやると、手が彼女にくっついて離れなくなりました。

「カテリーナ、ぼくの手を放してどっかに行ってくれないともう一発ぶっちゃうよ、カテリーナ！」

カテリーナはしかしカルナウーバの木のロウで作られた人形で、巨人がそこに置いたものだったのです。彼女は黙り込んでいます。マクナイーマが空いているほうの手でもう一発ぶつと、さらにひっついてしまいました。

「カテリーナ、カテリーナ！　ぼくの手を放してどっかに行ってくれよ！　こんどは蹴りを入れちゃうよ！」

蹴りを入れるとさらにひっついてしまいました。最後には英雄はべったりとカテリーナちゃんにくっついてしまいました。そのときピアイマンがカゴを持ってやってきました。おフランス娘をワナから取り、カゴに向かって叫びます。

「口を開けろ、カゴよ、おぬしの大きな口を開けろ！」

カゴが口を開けると、巨人は英雄をそこに放り込みました。カゴはふたたび口を閉じました。ピアイマンはそれを担いで家に戻りました。おフランス娘は、ハンドバッグの代わりに吹き矢を入れておく矢筒を隠し持っていました。巨人はカゴを入り口の扉に立てかけ、矢筒を石のコレクションといっしょにしまっておくために家の奥に入っていきました。しかし矢筒は狩りの獲物のような悪臭を放つ布でできていました。巨人はあやしんでたずねました。

「おまえの母さんもおまえみたいにいい香りがしてぽっちゃりなのかい？」

そしていやらしそうに目をくるくるさせます。矢筒をおフランス娘の息子だとあやしんでいたのです。おフランス娘は本当は英雄マクナイーマでした。カゴのなかでその問いを聞いて、彼はすっごく不安になりました。「じゃあ、本当にこのヴェンセスラウとかいうやつは、ぼくがどこかの虹の下をくぐって女になっちゃったと思ってるのかな？　まっぴらごめんだよ！」。そして縄を緩める効き目があるクマカーの粉を吹きかけてカゴの縄を緩めると、外に飛び出しました。抜け出そうとすると、巨人が飼っている犬に出くわしました。犬にはシャレウという魚の名前がついていましたが、それは犬が水嫌いにならないためです。英雄は怖くなって、一目散に公園のなかへと駆け出します。犬は走ってついてきます。マクナイーマと犬は走りに走りました。カラボウソ岬の近くを通りすぎ、グアジャラー・ミリンの方角に進み、東に戻ってきます。イタマラカーではマクナイーマはちょっとひと休みして、恋のために死んだかわいそうなサンシャ嬢の体から生まれたと言い伝えられるクチナシの花を一ダースも食べました。南西に向かい、バルバセーナの高地では、逃げるマクナイーマは尖った石で舗装してある坂の上に一匹の牛を見かけました。久しぶりにミルクが飲みたくなりました。疲れてしまわないようにうまく坂を上りましたが、牛は暴れん坊のグゼラー種でした。乏しいミルクを隠しました。でもマクナイーマはこんなふうにお祈りをあげました。

お恵みをください　聖母さま
ナザレの聖アントニオさま
優しい牛は　ミルクをくれます
怒りっぽい牛は　気分しだいです！

牛はそれをおもしろがってミルクをくれました。英雄はそれから南へと駆け出しました。パラナー州を横切ってパンパを抜けたら木の上に逃げたかったのですが、犬が吠える声はすぐそばまで来ていて、英雄はどんどん犬に追い詰められていきました。こう叫びました。

「どけどけ、木偶《でく》の坊《ぼう》！」

栗の木も紫イペーの木もトンカ豆の木もよけて進んでいきました。エスピリト・サント州のセーハの街の先では、謎めいた絵が彫られた石にあたまをぶつけ、もう少しで割ってしまうところでした。お金が埋めてあるにちがいありません……。でもマクナイーマは急いでいたので、バナナウの島の崖に向かって矢のように飛んでいきました。そしてまっ正面に、地面すれすれのところに入り口のある、高さが三十メートルもある蟻塚を見かけました。その穴から無理矢理もぐりこんで上り、高いところに身を隠しました。犬はそこで立ち止まりました。

するとと巨人もやってきて、蟻塚のところに立ち止まった犬を見つけました。入り口のところでおフランス娘は銀の鎖を落としていたのです。「おれの宝はここにいるぞ」と巨人はつぶやきました。犬は立ち去りました。ピアイマンはイナジャー椰子《やし》を根っこから何からまるごと、跡形もなく土から引き抜きました。若芽のところを切り落として蟻塚の穴につっこんで、おフランス娘を外に出させようとしました。でもワニさん出ましたか？　とんでもない！　英雄は両足を開いて、イナジャー椰子の木に串刺しのかっこうになってしまいました。おフランス娘がどうしても出てこないことがわかると、ピアイマンは唐辛子を探しに行きました。巨人が唐辛子として使うアナキラン蟻の大群を連れてきて穴に入れると、アリたちは英雄に噛みつきます。そうまでしてもおフランス娘は出てきません。ピアイマンは仕返しを決意します。アナキラン蟻を外に投げ飛ばすと、マクナイーマに向かって叫びました。

「こんどこそおまえをつかまえるぞ、毒蛇のエリテーを連れてきてな！」

それを聞いて英雄はうめきました。毒蛇にかかればみんな降参です。巨人に向かって叫びました。

「ちょっと待ってください、巨人さん、いま出ていきますから」

でも時間を稼ぐために、おっぱいにしていたバナナの花房を取って穴の口のところに置いて言いました。

「最初にこれを外にやってくれませんか？」

ピアイマンはカンカンに怒っていたので、花房を遠くに投げました。その怒りっぷりはマクナイーマにも感じられました。

デコルテとかいうキカイを取って穴の口のところに置き、またこう言いました。

「これを外にやってくれませんか？」

ピアイマンはドレスをさらに遠くへ投げやりました。次にマクナイーマが置いたのはコルセットとかいうキカイ、それから靴とかいうキカイ、そんなふうに身に着けているものをみんな置いていきました。巨人はイライラして湯気が立つほどでした。それが何なのか見もしないで、みんな遠くに投げていきました。すると英雄は穴の口のところに自分のおしりの穴をとっても優しく置いて、こう言いました。

「では、次はこの臭い臭いひょうたんを外にやってくださいますか」

ピアイマンは怒りに我を忘れて、そのおしりの穴をつかむと何なのか見もしないで、おしりの穴を英雄やら何やらもろともに一レグア半先の方に投げてしまいました。そして遠くで英雄がすたこら逃げているあいだ、ずっとそこで待ち呆《ぼう》けていました。

マクナイーマは、もう見るからに！汗びっしょりで、目はまっ赤、肺は口から飛び出してきそうなほどふらふらになって宿屋に戻ってきました。ちょっと休むと、おなかがペコペコだったので、カジュー《モコロロー》酒をくいっとやりながら、マセイオー産のスルルー貝の揚げものとマラジョー産の干し肩肉をぺろっとたいらげました。疲れは取れました。

マクナイーマはすっかりへそを曲げていました。ヴェンセスラウ・ピエトロ・ピエトラは名高いコレクターだったのに、彼はそうではなかったからです。汗が噴き出すほどうらやましがって、とうとう巨人のまねをすることを決意しました。でも石を集めるのがおもしろいとは思えませんでした。自分が治める土地の山々、放牧地、急流、峡谷、小高い礫地のあたりに、もうたんまりと持っていたからです。その石というのは、スズメバチ、アリ、蚊、ノミ、動物、小鳥、人間、大人の女、女の子、さらには大人の女のあそこや少女のあそこさえあったのです……。重い石なんてもういらない！……。けだるそうに腕を伸ばしてつぶやきました。

「あぁ！　めんどくさ！……」

考えに考えて、決めました。自分が大好きな、汚い言葉のコレクションをするのです。

さっそく始めました。瞬《またた》く間に、あらゆる現代の言語から、さらにはちょこっとかじっていた古典のギリシア語やラテン語から、何千もの汚い言葉を集めました。なかでもイタリア語のコレクションは完璧でした。一日のあらゆる時刻の、一年のあらゆる日の、人生のあらゆる場面、人間のあらゆる感情についての言葉を集めたのです。ありとあらゆる汚言！　でもコレクションのなかでもっともすばらしかったのはインドのある文句で、それはとてもここでは言うことのできないようなものだったのですよ。

第七章
マクンバ

マクナイーマはすっかりへそを曲げていました。ムイラキタンを取り戻すことができなかったのが悔しかったのです。こうなったらピアイマンを殺すしかない……。そこで自分の力を試すために、街から出て何とか森《フラーノ》に行きました。一レグア半ほど歩いて探すと、果てしなく高いペローバの木が見えてきました。根っこのところに腕を回して引っぱり、木を抜くことができるか試してみましたが、風が高いところの葉っぱを揺さぶるだけでした。「まだじゅうぶんな力はないなぁ」とマクナイーマは考えました。クローと呼ばれる小ネズミの歯をつかんで、荒っぽく脚に切り傷をつけました。弱い者はそうしなければならないという掟があったのです。そして血を流しながら宿屋に帰ってきました。まだ力が十分でないことにがっかりして、ぼんやりしきっていたので、転んでしまいました。

そのとき英雄は痛みがひどかったせいであたまの上にお星さまが見え、そのなかには、靄《もや》に囲まれた、欠けた月のカペイもいました。「月が欠けるときには新しいことを始めてはならない」とマクナイーマは囁《ささや》きました。すると心が休まりました。

次の日はすっかり寒い天気で、英雄はヴェンセスラウ・ピエトロをぶん殴って仕返しをして温まろうと決意しました。でも力はまだ弱かったので、本当は巨人が怖くてたまらなかったのです。そこで汽車に乗ってリオデジャネイロに行って、悪魔のエシューに助けを求めることにしました。次の日にはエシューの誉れに捧げられる、マクンバと呼ばれる儀式が行われることになっていたのです。

六月の、とても寒い頃でした。マクンバは、マンギという地区にあるシアータおばさんの長屋《ズングー》で行われるのでした。シアータおばさんというのは、並ぶ者のないまじない師、名高い女呪術師《マンイ・ヂ・サント》で、ギターに乗せて歌うのもじょうずでした。マクナイーマは、決まりどおりにピンガというサトウキビのお酒のボトルを小脇に抱えて、夜の八時にそのあばら屋《ビボッカ》にやってきました。すでにたくさんの人がいて、なかにはお金持ち、貧乏人、弁護士、ギャルソン、石工、石工の小使い、下院議員、泥棒などもいました。儀式は始まろうとするところでした。マクナイーマは他の人と同じように靴と靴下を脱いで、首にタトゥカーバ蜂の蜜とアサクーという草の乾いた根っこでできた首飾り《ミロンガ》をかけました。ぎゅうぎゅう詰めの部屋に入って蚊の群れを追い払いながら、三脚イスにじっと座ってウンともスンとも言わない祭司さまに、四つん這いになってあいさつしに行きました。シアータおばさんは、苦しみや絶望や飢えのなかで百年を過ごしてきた黒人の老婆で、白い髪がばらばらと光のように小さなあたまを包んでいました。大地に向かってぶら下がっている長い骨としか見えない風貌で、もう誰も彼女の目を見つけることはできませんでした。

そして、みんながオシュンの息子と呼んでいたひとりの男の子、十二月にマクンバが行われるコンセイサォンの聖母さまの息子が、火の灯ったロウソクを、水夫、木工職人、ジャーナリスト、大金持ち、闇技師、売春婦、公務員、それはもうたくさんの公務員！たち一人一人に配り、小部屋を照らしていたガスの灯は消されました。

それからマクンバが本当に始まって、聖人たちへのあいさつの儀式《サイレー》が行われました。それはこんなふうでした。先頭に、太鼓《アタバッキ》を叩く祈り手《オガン》がやってきましたが、それはオグン神の息子の黒んぼで、プロのファド奏者でもある、天然痘にかかったオレレー・ルイ・バルボーザという名前の男でした。行進をつかさどるリズムを正確に叩き出しながら、太鼓《タバッキ》はゆっさゆっさと揺れました。老婆たちは小花柄の紙でできた壁に幽霊のような、おぼろな、ぶるぶると震える影を投げかけていました。オガンのうしろからはシアータおばさんがゆらりともせずにやってきて、ただその厚い唇が単調なお祈りをもごもごつぶやいているのでした。そのあとには弁護士、給仕、もぐりの医者、詩人、英雄、泥棒、ポルトガル人、上院議員などが踊ったり、祈りへの返答を歌ったりしながら続きました。それはこんなふうでした。

「さあ、祈ろう《サラヴァー》！」

シアータおばさんはあいさつすべき聖人の名前を歌っていました。

「おお、オロンギさま！」

そして人びとは答えて、

「さあ、サラヴァー！」

シアータおばさんは続けます。

「おお、ボト・トゥクシーさま！」

そして人びとは答えて、

「さあ、サラヴァー！」

ただただ単調な祈りのなか、優しい声で、

「おお、イエマンジャーさま！　アナンブルクーさま！　オシュンさま！　三柱の水の女神さま！」

「さあ、サラヴァー！……」

といった具合です。そしてシアータおばさんは突然止まって、大げさな身振りをしながらこう叫ぶのでした。

「出《い》でよ！　エシュー！」

エシューというのは片足を引きずる悪魔、性わるの悪魔《カピロット》で、でも悪いことをお願いするにはぴったりなのでした。部屋中の人が苦しげにこううめきました。

「うぅん！……。うぅん！……。エシュー！　われらが父なるエシュー！……」

悪魔の名前は、外に広がる巨大な夜を縮みあがらせるほどの轟音で響きました。儀式《サイレー》は続いていきます。

「おお、ナゴー王さま！……」

「さあ、サラヴァー！……」

単調な祈りのなか、優しい声で、

「おお、バルーさま！」

「さあ、サラヴァー！……」

突然シアータおばさんは立ち止まって、大げさな身振りをしながらこう叫びます。

「出でよ！　エシュー！」

というのも、エシューとはあひる足の悪魔、性わるの妖怪《ジャナナイーラ》のことだったのです。そしてふたたび部屋中が苦しそうにうめきます。

「うぅん！……。エシュー！　我らが父なるエシュー！」

そして悪魔の名前は巨大な夜を短くするくらいの大音量で響きました。

「おお、オシャラーさま！」

「さあ、サラヴァー！」

こんなふうでした。愛を与えてくれるボット・ブランコ、シャンゴー、オムルー、イローコ、オショッシ、肝っ玉母さんのボイウーヴァ、いくらでもじゃれあう力をもたらすオバタラーなど、呪術をつかさどる神さまみんなにあいさつをして、儀式《サイレー》は終わりました。シアータおばさんは隅っこにある三脚イスに座り、医者、パン職人、技師、インチキ弁護士、警官、召使い女、ペーペーの新聞記者、殺し屋、マクナイーマ、みんなが汗をかきながら、三脚イスを囲む形でロウソクを床に置きました。ロウソクはじっとして動かない女呪術師《マンイ・ヂ・サント》の影を天井に投げかけました。ほとんどみんなが服を脱ぎはじめていて、その吐く息は、安い香水やら魚やら香木やら、それにみんなの汗が混じった匂いのせいで、擦れるような音を立てていました。それからお酒を飲む時間になりました。マクナイーマはそのとき初めて、火酒《カシャーサ》という名前の恐ろしいカシリ酒を味わったのでした。うれしそうに舌鼓を打ちながら味わい、げらげら笑いました。

そのあと、なおもお酒を飲みながら、聖人を召し出すお祈りが続きました。みんながその夜のマクンバに聖人が現れることを熱く期待して、そわそわしていました。ずいぶん長い時が経ちましたが、人びとがいくら念じても何もやってきません。というのも、シアータおばさんのマクンバは、そんじょそこらのインチキなマクンバ、参拝者たちを満足させるために祭儀場の父《パイ・ヂ・テヘイロ》がシャンゴーやらオショッシやらが乗り移った振りをするものとはちがったからです。シアータおばさんのは本気のマクンバで、聖人が現れるときにはまったくインチキなしに本当に現れるのでした。シアータおばさんは自分の長屋《ズングー》でそんな汚いことが行われるのは許さず、もう十二ヵ月ものあいだ、オグンもエシューも、このマンギに姿を現していませんでした。みんながオグンが現れることを願っていました。マクナイーマはといえば、ヴェンセスラウ・ピエトロ・ピエトラに仕返しをするだけのためにエシューに来てほしいと思っていました。

食前酒をチビチビやりながら、ある者たちは膝をついて、またある者たちは四つん這いになって、みんなが半裸になって、聖人が現れ出るのを乞い願う女まじない師シアータおばさんを取り囲んで、祈っていました。午前零時になるとなかに入って雄ヤギを食べましたが、そのあたまと足とは、祭壇の、蟻塚に貝殻三つで目と口とが付けられたエシューの肖像の前に捧げられていました。雄ヤギは悪魔エシューを讃えるために殺されたもので、角の粉と軍鶏《しゃも》の蹴爪とで味つけされていました。女呪術師《マンイ・ヂ・サント》はうやうやしげに、十字を三度切って、儀式を進めました。物売り、愛書家、貧乏人、学者、銀行員、あらゆる人びとがテーブルの周りで踊りながらこう歌っていました。

バンバ　ケレー
出でよ　アルエー
モンジ　ゴンゴー
出でよ　オロボー
　エー！……

オー　ムグンザー
よき　アカサー
ヴァンセー　ニャマンジャー
父なる　ゲンゲーの

エー！……

そしておしゃべりしたり飲み騒いだりしながら聖なる雄ヤギをむさぼり、おのおのが自分の火酒《ピンガ》のボトルを探しました。というのも、誰も他人のボトルから飲んではならないという決まりがあったからです。みんながサトウキビの火酒《カニーニャ》をそれはそれはたくさん！飲みました。マクナイーマはげらげら笑って、突然テーブルの上のワインを倒しました。それは彼が心の底から楽しんでいる徴《しるし》だったのですが、みんなは英雄こそがその聖なる夜の選ばれし者だと考えました。でもそうではなかったのです。

お祈りがふたたび始まるやいなや、小部屋のまんなかでひとりの娼婦が飛び跳ね、啜《すす》り泣くようなうめき声でみんなを静かにさせると、新たな歌を唄いはじめました。みんなは恐れおののき、ロウソクは身をよじる怪物のような女の影を天井の隅に投げかけました。それはエシューでした！　オガンは太鼓《タバッキ》を叩く手にいっそう力を入れて、新しい歌、自由な歌、旋律が荒れ狂うような、いたるところで跳ね上がる、怒りに震えて一心不乱に小声で囁くような歌の、狂ったようなリズムに附いていこうとしました。化粧を顔に塗りたくった娼婦は、コンビネゾンの肩ひもが引きちぎれたまま、部屋のまんなかで身をよじっていて、ぜい肉がすっかりあらわになっていました。彼女のおっぱいは、肩やら顔やらおなかやらを、バチン！と大きな音を立てて打っていました。その赤毛の女は唄いに唄います。最後にはだらしなくなった厚い唇から泡が吹き出て、彼女は夜を縮みあがらせるような叫び声をあげて失神し、その体は堅くなりました。

　聖なる静けさに包まれた時が経ちました。そしてシアータおばさんが三脚イスから立ち上がるやいなや、白人女《マゾンビーニャ》がそれをいちども使われたことのない新しいイスと取り替えました。そのイスはいまは別の女のものになっています。女呪術師《マンイ・ヂ・サント》が近づいてきました。オガンもいっしょに来ました。他のみんなは立ったまま壁にへばりついていました。シアータおばさんだけが近づき、小部屋のまんなかに横たわった娼婦の堅い体のそばに来ます。女まじない師のシアータおばさんは服を脱いで裸になり、銀数珠の首飾り、ブレスレット、耳飾りだけを残し、それはまるで骨にしずくが垂れているみたいでした。オガンが掲げ持つひょうたんから、捧げものの雄ヤギの固まった血を取り出し、そのべとべとの血を女祭司《ババラオー》のあたまに塗りつけていきました。緑がかった粉をその上に振りかけたとき、堅くなっていた女はうめくように身をよじり、酔いを誘うヨードのような匂いがあたりに広がりました。すると聖人の母《マンイ・ヂ・サント》は、エシューへの聖なる祈りである単調な歌を響かせました。

　それが終わると娼婦は目を開き、さきほどとはまったくちがった様子で動き出して、もはや娼婦ではなく、神さまの乗り馬になっていました。エシューでした。みんなとマクンバの儀式をするためにやってきた悪魔《ホマォンジーニョ》のエシューでした。

　ふたりの裸の女は、シアータおばさんの骨がカチカチ鳴る音、太っちょ娼婦のおっぱいがバチンバチン鳴る音でリズムを取り、またオガンの叩き出す単調な音に合わせて、ジョンゴーと呼ばれる踊りを即興で踊っていました。みんなもまた裸になって、エシューの息子が「偉大なる犬」を選ぶのを待っていました。それはもう恐ろしいジョンゴーでした。マクナイーマは、ヴェンセスラウ・ピエトロ・ピエトラへの仕返しのゲンコツをお願いしようと、悪魔《カリア・ペンバ》の到来を待ち望んでぶるぶる震えていました。突然何が起こったのかはわかりませんが、彼は体を揺すりながら部屋のまんなかに行くとエシューをぶっ倒し、その上に乗っかって勝利をよろこびました。エシューの新たな息子が神意により認められたことを、みんな一同に祝福し、魔神《イッサ》の新しい息子を讃える声を上げました。

儀式が終わると、魔神は三脚イスへと導かれ、礼拝が始まりました。泥棒たち、上院議員たち、田舎者ら、黒んぼたち、ご婦人方、サッカー選手たち、みんなが、小部屋をオレンジ色にしていた塵の下で部屋を這いずり回り、頭の左側で床を打ったあと、魔神が乗り移った女の膝に口づけをし、また体じゅうに口づけをしました。堅くなって震えている赤毛の娼婦は、口から泡をこぼし、みんなはその泡で親指を濡らし、十字を切って祈りを捧げたのですが、泣くようなうれしがるような甲高いうめき声をあげていて、もう娼婦なんかではなくなって、エシュー、その宗教でもっとも偉大な悪魔《ジュルパリ》になっていたのでした。

みんなが何度も口づけをし、礼拝をし、祈りを捧げたあと、願いごとと約束の時間になりました。ある肉屋が、みんなが自分の店の病気の肉を買うようにとお願いすると、エシューは認めました。ある農場主が、サウーヴァ蟻もマラリアももう自分の農園からなくなってしまうようお願いすると、エシューは笑いながら認められないと言いました。恋する男が、恋人が市の学校の先生になって、自分たちが結婚できますようにとお願いすると、エシューは認めました。ある医者が演説をぶって、ポルトガル語の話し言葉をエレガントな書き言葉にできますようにとお願いすると、エシューは認めませんでした。そんなふうに続いていき、とうとう悪魔《フッチ》の新たな息子であるマクナイーマの番になりました。マクナイーマは言いました。

「ぼくはすごくうんざりしていることがあって、父なるあなたにお願いにきました」

「おまえの名前は？」とエシューはたずねます。

「英雄マクナイーマです」

「うぅん……」と偉大な魔神はつぶやきました。「マで始まる名前は不吉なのだ……」

でも英雄に優しく接し、彼が願ったことはすべて叶えると約束しました。というのもマクナイーマは自分の息子だったからです。英雄はエシューに、人食い巨人のピアイマンであるヴェンセスラウ・ピエトロ・ピエトラを苦しめるようにお願いしました。

それから恐ろしいことが起きたのです。エシューは背教した神父が祝福したレモンの木の枝を三本つかみ、高く投げ上げて交差させ、殴りつけてやるために、ヴェンセスラウ・ピエトロ・ピエトラの自我に、彼、エシューのなかにやってくるように命じました。少し待つと巨人の自我がやってきて、娼婦のなかに入り込みました。エシューは息子であるマクナイーマに、娼婦の体に入り込んだ巨人の自我を殴るように命じました。英雄は戸のかんぬきになっていた横木をつかんで、思いっきりエシューに叩きつけます。ぼこぼこにぶちのめしました。エシューは叫びました。

ゆっくりぶってくれ
だってそりゃ　痛い痛い痛い！
おれにだって　家族がいるんだ
そりゃ　痛い痛い痛い！

そしてとうとうぶたれすぎて紫色になり、鼻から口から耳から血を流し、気を失って床に倒れました。それはもう恐ろしい光景でした……。マクナイーマの命令で、巨人の自我がボコボコ沸く塩水のお風呂に入ると、エシューの体は煙を上げ、礼拝場をびしょびしょに濡らしました。さらにマクナイーマの命令で、巨人の自我がイラクサやイガイガの木の森のなかでガラスを踏みながら、真冬のアンデス山脈の窪地にまで行くと、エシューはガラスに切られたり、トゲに引っかかれたり、イラクサにかぶれたりして血まみれになり、へとへとになって息を切らし、あまりの寒さに震えました。それはもう恐ろしい光景でした。さらにマクナイーマの命令で、ヴェンセスラウ・ピエトロ・ピエトラの自我は、暴れ牛のツノで突かれ、暴れ馬にうしろ蹴りを喰らい、ワニに嚙みつかれ、四〇〇〇〇匹の火アリに四〇回ずつ嚙みつかれて、エシューの体は、血まみれで水ぶくれになって地面に転がりました。脚には歯型がついていて、四〇の四〇〇〇〇倍の嚙み跡がついた肌はもう見えなくなるほどで、あたまは暴れ馬の蹄に割られ、おなかには鋭いツノに刺されて穴が開いていました。部屋には耐えがたい悪臭が立ちこめていました。エシューはうめきました。

ゆっくり突いてくれ
だってそりゃ　痛い痛い！
おれにだって家族がいる
そりゃ　痛い痛い痛い！

マクナイーマはそんなふうに長い時間をかけてあれやこれや命令し、ヴェンセスラウ・ピエトロ・ピエトラの自我はエシューの体でそれに耐えました。とうとう英雄はもう仕返しを思いつかなくなって、終わりにしました。娼婦は地面に横たわってかすかな息をしていました。疲れきったような静けさに包まれていました。それはもう恐ろしい光景でした。

サンパウロのマラニャォン通りの宮殿は息つく暇もない大騒ぎで、医者たちがやってきたり救急車がやってきたり、みんなが必死です。ヴェンセスラウ・ピエトロ・ピエトラは体じゅう血だらけでうなっていました。おなかにはツノの跡があり、あたまは若馬にうしろ蹴りされたように割れ、他にも火傷《やけど》、凍傷、噛み跡があり、棒でめった打ちにされたようなアザやこぶが体じゅうにありました。

マクンバでは恐れのあまりの静けさが続いていました。シアータおばさんは軽やかにやってきて悪魔に捧げるもっとも偉大な祈りを始めました。それは数あるなかでもとりわけ瀆聖の色が濃い祈り、ひと言でもまちがってしまうと死んでしまう、われらが父なるエシューの祈りで、こんなふうでした。

「父なるエシュー、第十三の地獄の不吉なほうにおわしますあなたを、われらは、われらはみな望んでいます！」

「望んでいます！　望んでいます！」

「……われらが日々の父なるエシュー、今日この日、どうぞお聞き届けください、われらが父なるエシューのものである奴隷小屋《サンザーラ》の礼拝場で、あなたの意志が実現されんことを、そして永久にそうあらんことを、アーメン！……」

エシューの祖国、奴隷の地に栄光を！」

「エシューの息子に栄光を！」

マクナイーマはお礼を言いました。おばさんは締めくくりました。

「永久に、何世紀も昔、奴隷の王子がわれらが父エシューになった始まりの時のままにあらんことを、アーメン！」

「永久にそうあらんことを、アーメン！」

エシューの傷は癒えて癒えて、火酒《カニーニャ》が回るあいだに何もかもなくなってゆき、娼婦の体はふたたび元気になりました。轟音が起こって、娼婦が口からジェット炭の指輪を吐き出しているあいだ、焼けたタールのような匂いが部屋を満たしました。そして太っちょの赤毛の女は、まだ疲れきってはいましたが、我に返りました。そこには娼婦だけが残っていました。エシューはすでに消え去っていたのです。

最後にはみんないっしょにパーティを始め、おいしいハムを食べ、すばらしいサンバを踊りながら、誰もがやりたい放題のどんちゃん騒ぎに浮かれました。そしてすべてが終わって、現実の人生に戻ります。マクンバの礼拝をしていた者たち、マクナイーマ、ジャイーミ・オヴァーリ、ドドー、マヌエル・バンデイラ、ブレーズ・サンドラール、アセンソ・フェヘイラ、ラウル・ボッピ、アントニオ・ベントなど、礼拝をしていた者たちはみんな、明け方に家を出ていったのでした。

第八章

太陽の女神、ヴェイ

マクナイーマが道を進んでゆくと、背の高いヴォロマンの木に出くわしました。枝にはピチグアリ鳥が止まっていて、英雄の姿を見るやいなや、こんなふうに喉から声を振るい出しました。――「さあさあ、誰が来たか見てごらん！　さあさあ、誰が来たか見てごらん！」。マクナイーマがお礼を言おうと思って上を見ると、ヴォロマンの木には果物がたわわに実っていました。ずっとおなかを空かせて歩いてきた英雄の胃ぶくろは、サポータ、サポチーリャ、サポチ、オトギリソウの実、アンズ、ムクジャー、ミリチ、グアビジュー、スイカ、アリチクンといったたくさんの果物を見かけるともうその場から動こうとはしませんでした。

「ヴォロマンさん、果物をひとつください」とマクナイーマはお願いしました。

ヴォロマンの木はしぶりました。すると英雄はこういうふうに二回叫びました。

「ボイオーイオー、ボイオーイオー！　キザーマ・キズー！」

するとは果物はみんな落ちてきて、マクナイーマはおなかいっぱい食べました。ヴォロマンの木は憎たらしく思いました。英雄の足をつかんで、グアナバーラ湾のかなた、昔はオランダ人といっしょにやってきたアラモーアという水の精《ニンフ》が棲んでいた、小さな無人島に投げてしまいました。マクナイーマはへとへとに疲れていたので、お空を飛んでいるあいだに眠り込んでしまい、そのまま、黒禿鷹《ウルブー》が止まっている香り豊かなグアイロー椰子《やし》の木の下に落ちました。

用を足したくなったウルブーが用を足すと、英雄は鳥の汚いものでびしょびしょになってしまいました。すでに夜明けが近く、あたりは身を切るような寒さです。マクナイーマはべとべとに汚れたまま、ぶるぶる震えながら目を覚ましました。それでもなお、そのちっぽけな石の島をよく調べてお金を埋めてある穴がないか探ろうとしましたが、そんなものはありません。オランダ人が隠した宝物のありかを示す魔法の銀の鎖さえありません。見つかったのは、赤みがかったジャキターグア蟻くらいでした。

そのとき、朝の星のカイウアノーギが通りかかりました。マクナイーマはもうたくさん生きてきて飽き飽きしていたので、お空に連れて行ってほしいと彼女に頼みました。カイウアノーギは近づいてきましたが、英雄はとても臭かったのです。

「水浴びしに行きなさい！」と彼女は言って、どこかに行ってしまいました。

こうして、ブラジル人がある種のヨーロッパ人移民に向かって言う「水浴びしに行け！」という決まり文句が生まれたんですよ。

お月さまのカペイがやってきました。マクナイーマは彼女に向かって叫びます。

「あなたに祝福を、お月さまのバアバ！」

「ウウン……」と彼女は答えました。

彼はお月さまに、マラジョー島まで担いでいってほしいとお願いしました。カペイは近づいてきましたが、マクナイーマは本当に臭すぎました。

「水浴びしに行きなさい！」と彼女は言って、どこかに行ってしまいました。

これでこの決まり文句はすっかり定着したのですよ。

マクナイーマはカペイに、せめて暖まるための小さな火をくださいと叫びました。

「お隣さんに頼みなさい！」。そう言って彼女は、大きな川を漕いで遠くからやってこようとしていた太陽の女神を指さすと、どこかに行ってしまいました。

マクナイーマはぶるぶるぶるぶる震え、ウルブーはずっと彼にひっかけっぱなしでした。というのも、その石の島があまりにも小さかったからです。ヴェイはまっ赤になってすっかり汗まみれでやってきました。ヴェイは太陽の女神です。マクナイーマはついてるぞと思いました。家ではいつも太陽の女神がなめて乾かすための木芋《アイピン》のケーキをプレゼントしていたからです。

ヴェイはムルシーの木の染料を塗った鉄さび色の帆をかけた舟にマクナイーマを乗せると、三人の娘たちに英雄の体を拭かせ、ノミを取らせ、爪がきれいかどうか調べさせました。そしてマクナイーマはふたたび身ぎれいになりました。でもヴェイがまっ赤っかの老婆で汗まみれだったので、彼女が本当に太陽の女神で、マクナイーマを自分のうちの婿に取ろうともくろんでいるとは英雄は思ってもみませんでした。ただ、朝早い時間だったのでまだ力は弱く、誰も暖めることはできなかったのです。待っている時間をつぶすために口笛を吹いて合図を送ると、三人の娘たちは英雄の体じゅうを優しくなでたりコチョコチョしたりしました。

マクナイーマはくすぐったくて身をくねらせ、とっても気持ちよさそうにしながらゲヘヘとだらしなく笑いました。娘たちが手を止めるとすぐにむずがって、身をよじってもっとやってよとねだります。ヴェイは英雄のはしたなさに気づいて怒りました。体から火を取り出して人びとを暖めてあげる気なんてちっともなくなってしまいました。すると女の子《クニャタン》たちはお母さんの体をつかんで縛りあげ、マクナイーマが気むずかし屋さんのヴェイのおなかをコチョコチョやると、おしりから火が出るわ出るわで、みんなは暖まることができました。

暖かさはイカダ舟にまで届き、水の上に広がり、空気の澄んだ表面をきらきらと金色に塗りました。マクナイーマはイカダ舟に寝転がって、すばらしい気怠《けだる》さに浸りながらひなたぼっこをしました。そして静けさがすべてをゆったりとさせて……。

「あぁ……めんどくさ……」

英雄はため息を吐《つ》きました。波の囁《ささや》きだけが聞こえていました。幸せな気怠さがマクナイーマの体を上ってきて、とってもいい気持ちでした……。いちばん年下の娘は、お母さんがアフリカから持ち帰った大太鼓《ウルクンゴ》を叩いていました。川は広大で、お空の高い原っぱには雲ひとつありません。マクナイーマは手首を十字に重ねて枕にし、光のように白い肌の年長の娘にはブクブクにふくれた蚊の群れを追いやってもらい、三人めの色黒の娘には編んだ髪の先っぽでコチョコチョとおなかを気持ちよくくすぐってもらいました。幸せいっぱいに笑い、ひと節ずつ休んでゆっくり味わいながらこんなふうに歌いました。

ぼくが死ぬときには泣かないで
人生に未練《ソダーヂ》は残さないから
——マンドゥー・サララー

〈離郷《ヂステーホ》〉が父さんで
〈不幸せ《インフェリシダーヂ》〉が母さん
——マンドゥー・サララー

パパはやってきて言った
おまえは愛を手に入れはしないと
——マンドゥー・サララー

ママはやってきてぼくにくれた
苦しみでできた首飾りを
　　――マンドゥー・サララー

アルマジロがお墓の穴を掘ってくれますように
歯の抜けたその歯で
　　――マンドゥー・サララー……

かわいそうなやつらのなかでも
いちばん不幸せなやつのために
　　――マンドゥー・サララー

とってもいい気持ちでした……。彼の体は塩の結晶にまみれて金色に輝き、潮風の香りとヴェイのゆったりとした櫂《かい》さばきのために、そして女の子におなかをくすぐってもらっているために、あぁ！……マクナイーマは、最高の楽しみを味わっていたのですよ！……「たまらないねぇ！　なんて娘だろうね……気持ちよくしてくれてさあ！」と叫びました。ずる賢そうな目を閉じて、恥知らずな意地汚い笑みを口元に浮かべて、英雄はすっかり気持ちよくなって、眠りに落ちました。

ヴェイの櫂さばきがマクナイーマを揺するのを止めると、彼は目を覚ましました。遠くのほうには、バラ色の高層ビルが何よりも目立って見えていました。イカダは、リオデジャネイロという崇高な集落《マロッカ》の波止場《カイサーラ》に近づいていきました。

水際すぐのところに、蘇芳《ブラジル》の木がたくさん生えているまっすぐに伸びた原っぱ《セハダオン》があり、その両側には色とりどりの宮殿が建っていました。その原っぱはリオ・ブランコ大通りというものでした。そこに太陽の女神ヴェイは三人の光の娘たちとともに住んでいたのです。ヴェイはマクナイーマを婿に取りたいと思っていたのです。なぜなら、なんだかんだ言っても彼は英雄なんだし、チュウチュウして乾かすための木芋《アイピン》のケーキをたくさん自分にくれたからです。そしてこう言いました。

「うちのお婿さん、あなたはわたしの娘のうちの誰かと結婚しなければなりません。嫁入りの貢ぎものとしてヨーロッパとフランスとバイーアをあなたに上げましょう。でもあなたは誠実に夫になって、そこらへんの女《クニャン》たちと遊び回ったりするのは止めなければなりませんよ」

マクナイーマはお礼を言い、お母さんの思い出に誓ってそうすると約束しました。そしてヴェイは三人の娘を連れて昼を作り出すために出かけ、マクナイーマにもういちど、そこらへんの女たちとじゃれあうためにイカダを離れてはなりませんよ、と言いつけました。マクナイーマもふたたびお母さんの思い出にかけて約束しました。

ヴェイが三人の娘たちとともに原っぱに行ってしまうやいなや、マクナイーマは女とじゃれあいに行きたくてたまらなくなりました。タバコに火をつけるとその気持ちはさらに強くなっていきます。

木々の下のあたりでは、たくさんの若い娘たち女の子たちがじょうずな美しい身のこなしで行き交っていました。

「もうどうにでもなっちゃえ！」とマクナイーマは叫びました。「女に好き勝手させるほどへなちょこじゃないぞ！」

するとと大きな光があたまのなかに閃きました。イカダに立ち上がると祖国の上に両腕をぶらぶらさせ、もったいぶって宣言しました。

「健康《サウーヂ》はわずか、サウーヴァ蟻はたくさん、それがブラジルの害悪だ！」

それからさっさとイカダを飛び出し、連隊長だった聖アントニオの肖像画の前で敬礼をすると、そこらへんの女の子たちを引っかけに行きました。すぐに出会ったのは仲よしこよしの同胞の国で魚売りだった女で、まだプウン！と生臭い匂いを漂わせていました。マクナイーマは彼女にウィンクをして、ふたりはじゃれあうためにイカダに行ってじゃれあいました。それはもう思う存分じゃれあいました。いまやふたりはおたがいに微笑みあっています。

宵《よい》の口、ヴェイが三人の娘といっしょに昼回りから帰ってくると、前に立ってやってきた娘たちはまたじゃれあっているマクナイーマとポルトガル女を見つけました。光の娘たち三人はカンカンに怒りました。

「そんなことをするのね、英雄さん！　わたしたちのヴェイお母さまがイカダから出てそこらへんの他の女と遊んじゃだめって言わなかったかしら?!」

「だってとってもかなしかったんだもん！」と英雄は言いました。

「悲しいもばか悲しいもないわ、英雄さん！　あなたはヴェイお母さまに叱られますからね！」

そして三人はカンカンに怒ってお母さんの方を向きました。

「ねえ、ヴェイお母さま、お婿さんが何をしたと思う！　わたしたちが原っぱに行ったらすぐに逃げ出して、かわいい女の子をつかまえて、お母さまのイカダに連れてきていやというほど遊んだのよ！もうおたがいに微笑みあってるんだから！」

すると太陽の女神はカッカと怒って、こうどなりつけました。

「おやおや、ぼくちゃん！　他の女を追い回すなって言わなかったかしら！……。言ったわ！　それなのにあなたはわたしのイカダでその女と遊んで、おたがいに微笑みあってるんですからねぇ！」

「だってとっても悲しかったんだもん！」とマクナイーマは繰りかえしました。

「もしあなたがわたしの言うことを聞いていたら、わたしの娘のひとりと結婚して、ずっと若くて美しいままでいることができたのに。いまとなってはあなたの若さは他の人と同じようにすぐに終わってしまって、そのあとは老けてどうしようもなくなってしまうわ」

マクナイーマは泣きたくなって、こう囁きました。

「もしわかってたら……」

「もしわかってたら、なんて何のご利益もない聖人よ、ぼくちゃん！　あなたはどうしようもない男よ！　もうどの娘もあげないわ！」

そこでマクナイーマはたこを踏みつぶすようなことを言いました。

「でも、ぼくだって三人ともほしくなんかなかったよ！　三は悪魔の数さ！」

するとヴェイは三人の娘を連れてホテルに泊まりにいき、マクナイーマはイカダでポルトガル女と寝させることにしました。

明け方の少し前、太陽の女神が娘たちを連れて湾にお散歩にやってくると、マクナイーマとポルトガル女はまだ眠っていました。ヴェイはふたりを起こし、マクナイーマにヴァトー石を贈りました。ヴァトー石は、望むときにいつでも火を出してくれるのです。そして太陽の女神は三人の光の娘を連れて立ち去りました。

マクナイーマはその日も街でポルトガル人の魚売り女とじゃれあって過ごしました。夜、フラメンゴのベンチで眠っていると、恐ろしいばけものがやってきました。英雄を呑み込もうとやってきたミアニケー・テイベーでした。指で息をし、へそで音を聞き、おっぱいのところに目がある怪物でした。口はふたつもあって、足の指が曲がる内側に隠れているのでした。マクナイーマはばけものの匂いを嗅ぎつけて目を覚まし、いちもくさんにフラメンゴから走り去りました。そこでミアニケー・テイベーは魚売り女を呑み込んでどこかに行きました。

次の日、マクナイーマはもうこの共和国の首都をおもしろいと思えなくなりました。ヴァトー石をあげる代わりに新聞に肖像写真を載せてもらうと、チエテー川べりの集落《ターバ》、サンパウロに戻りました。

第九章

アマゾンの女たちへの手紙

親愛なる家臣、アマゾンの淑女様がた

一九二六年五月三〇日、サンパウロ

拝啓

この親書の所書きと美文調とには、疑いなく、はなはだ驚愕されることと存じます。しかしながら、郷愁《サウダーヂ》と深い愛に満ちたこれらの文章を、快からざる知らせから始めなければなりませぬ。サンパウロの善き街——そのつまらぬ住人どもの申すところによれば、世でもっとも巨大な街だとか——

において、貴女がたは俗言に言う「イカミアーバ」の名によってではなく、「アマゾナス」のあだ名によって知られております。また貴女がたは、馬を乗りこなす勇敢な槍の使い手であり、古典古代のギリシアより来たるものであるとされております。そのような愚にもつかぬ教養にわたくし、貴女がたの皇帝は困惑いたしましたが、それを措きましても、貴女がたもわたくしどものもとに来参すべきです。さすれば、貴女がたは伝統と古来からの純粋さとが持つ尊敬すべき輝きにより、いっそう名高く気高いものとなるからであります。

しかしここで貴女がたの大切な時間を無駄にすべきではございませぬし、ましてや不快な知らせによって貴女がたの悟性を乱すなどもってのほかです。それゆえ、ただちにわたくしどものこの地での行いについて申し上げることにいたします。

貴女がたのもとを離れ、陽が天球を渡ることまだ五度にも及ばぬ頃、はなはだ恐るべき不運がわたくしどもを見舞ったのでした。すでに申し上げた年の五月のある宵《よい》、ムイラキタンを失ったのであります。この語は「muraquitã《ムラキタン》」と綴る者もあれば、最後から三音節めに強勢を持つ単語の語源学に熱心な博識者のなかには、「muyrakitan《ムイラキタン》」さらには「muraquê-itã《ムラケー・イタン》」と綴る者さえおりますが、どうかお笑いにならぬよう！　貴女がたの耳管にはかくも親しきこの言葉も、この近辺ではほとんど知られていないのです。開化が進んだこの地では、戦士たちは、警察、巡査、文民警察、ボクサー、法律屋、騒ぎ屋《マゾルケイロ》などなどと呼ばれております。なかには愚にもつかぬ造語もあり、怠惰な者どもやら気取った者どもやらが、ルジタニアのよきポルトガル語を汚す、憎き蛮行と申すべきものであります。しかし、ルジタニア語とも呼ばれますポルトガル語をめぐって念入りの議論を交わしつつ、ブナの木蔭《スブ・テルミネ・》にて《ファギ》、暢気《のんき》に遊んでいる暇はもはやないのであります。それよりもご興味を引くであろうと疑いなしに思われますのは、この地の戦士たちが、婚礼の祝いのために勇ましきご婦人がたを探し求めはせず、民が「お金」と呼ぶ小さく気紛れな紙切れでやすやすと交換できる、かわいい女たちを好むということであります。このお金たるもの、わたくしどもが今日ではそこに属すという栄誉を与えられております〈文明〉における身分証明書《クリクルム・ウィタエ》なのであります。このように、ムイラキタンという言葉は、それだけで貴女がたの皇帝が持つラテン的なる耳に障るものですが、この近辺に暮らす戦士たちや他のあらゆる人びとの知らぬものなのです。ルイ・バルボーザ博士が引用する古き善き文人ルイス・デ・ソウザ師の言葉をお借りすれば、「美徳と文芸において秀でたる者たち」の何人かが、ムイラキタンにもまた、東洋より来る知識の光を投げかけておりますが、その光たるや、貴女がたの荒々しく磨きあげる指でムイラキタンに仕上げをほどこすのではなく、つまらぬ値打ちを与えてしまうものなのです。

　わたくしどもがなおもワニの形をしたムイラキタンを失ったことにうちひしがれておりましたとき、何らかの超心理学的な作用により、あるいは、もしかすると《キ・ロ・サー》、ドイツの賢者ジークムント・フロイト（フロイヂとお読みください）博士の説きますように、古きを懐かしむ何らかのリビドーの働きにより、わたくしどもの夢にすばらしい大天使が現れたのであります。その天使によって、失われたお守り《タリスマン》はヴェンセスラウ・ピエトロ・ピエトラ博士の御手のなかにあり、とわたくしどもは知ったのであります。この者はペルーの副王の従者であり、ペルナンブーコのカヴァルカンティ家と同じく、フィレンツェ出身であることは明白です。そして、博士が名高きアンシエッタ神父の街サンパウロに滞在していたため、わたくしどもは盗まれた金毛の羊皮を求めて遅れなくこちらへ向けて出立いたしました。わたくしどものヴェンセスラウ・ピエトロ・ピエトラとの目下の関係はと申しますれば、ありうるかぎりのへつらいに満ちたものであります。疑いなく、貴女がたはごく近々にわたくしどもがお守り《タリスマン》を取り戻したという吉報を受け取られることでしょう。その際には、貴女がたからも謝礼をいただきたいものと存じます。

と申しますのも、最愛のわが家臣がた、貴女がたの皇帝たるわたくしどもは、困窮のうちにあるからであります。そちらから持参しましたる宝物を、この地で使われております貨幣に換金せざるを得なかったのです。そしてかような換金によって、為替レートの乱高下とカカオ安のために、わたくしどもの生活は困難になったのであります。

さらに貴女がたにお知らせ申し上げたいのは、この地のご婦人がたは、棒でぶっ叩いても屈服せず、じゃれあいたいがためにタダでじゃれあうようなこともせず、じゃれあうためには、つまらぬ硬貨を雨と降らせ、シャンパーニュの泡で飾り、さらには俗にロブスターと呼ばれております食用の怪物でも付けてやらねばならぬのであります。アマゾンの淑女がた、それはなんという魔法のかかった怪物でありましょうか!!! 丸木舟のようにピカピカに磨き上げられた薄紅色の甲羅から、さまざまな形の腕だの触手だのしっぽだの風切り羽根だのが飛び出しているのです。そのさまあたかもセーヴル焼きの皿に盛られた重厚な機械のごとし、湾曲した底部にクレオーパトラのその価値計り知れぬ体を収めた、ナイル川を水を切ってジグザグに進む三列櫂のガレー船を思わせるのであります。

アマゾンの淑女がた、この「クレオーパトラ」という語の強勢の位置にどうぞご注意ください、わたくしどもに倣わず、「クレオパトラ」という発音よりもこの発音をお好みにならないとすれば、わたくしどもの心の痛みもはなはだしいからであります。これは古典作家たちの教えるところに沿うものでありまして、「クレオパトラ」という発音は近代になって生じたものなのです。下らぬおフランスかぶれ語法をおフランスの汚水とともにわたくしどものところへもたらす語彙学者の幾人かは、この発音が唾棄すべきクズであることにも気づかず、お気楽にもこれを承認しているのであります。

したがいまして、もっとも洗練された舌の持ち主をもうならせるこの繊細なる怪物によってこそ、この地のご婦人がたをめおとの寝床に倒しこむことができるのであります。わたくしどもがお話しした謝礼につきましても、これでご理解いただけたことと存じます。なんとなればロブスターは高値の上にも高値でありまして、わが家臣がた、わたくしどもは六〇コントを越える値で購《あがな》ったことも幾度かあるほどです。われらの伝統の通貨では、八〇〇〇万カカオ粒もの巨額に相当する値でございます……。それゆえ、わたくしどもがすでにどれだけの資金を費やしたか、また、かような気むずかしいご婦人がたとじゃれあうためにつまらぬ硬貨を必要としていることを、容易に察せられることと存じます。貴女がたの出費を抑えるために、燃えさかる炎に節制を課すことは、苦しくはありますが、確かにわたくしどもの望まんとするところではあります。しかしながら、かようにも麗しき羊飼い娘たちの色っぽさあでやかさを前にしても屈することなき強いたましいの持ち主などおりますまい！　彼女らはきらめく宝石を着け、優雅さをいやがうえにも高める薄衣をまとい、それはあそこさえ隠すか隠さぬかという有様ですので、他のいかなる女も見目と色調の美において及ぶところではございませぬ。この地のご婦人がたは、そろって並ぶものなき色白でございます。また、じゃれあいにおける、かぎりない美点をここで挙げてゆくのは、あるいはうんざりさえさせることかもしれませんし、また皇帝が臣下に対して持つべき慎みを越えたものであることにちがいないでしょう。なんという美！　なんというエレガンス！　なんという個性！　火炎を飲み込むような、がつがつした、なんという自由!!　わたくしどもは彼女らのことを想うばかりです。しかしムイラキタンのことを忘れたわけではむろんなく、しつこく気にかけております。

　輝かしきアマゾンの淑女がた、貴女がたは、媚態、愛の戯れ、愛の手練について彼女らから学びますれば、得るところ多大なりとわたくしどもには思われるのであります。さすれば貴女がたは、誇り高き孤高の法を捨て去りまして、キスによって崇高なものとなり、快楽が眩惑を与えるより愛すべき手管を代わりに手に入れ、イタリア人が綴るところの「女性なる香気《オドール・ディ・フェミア》」の妙なる技により、ローマ《ウルビ・》そして世界《エト・オルビ》へ、輝かしい姿を示すことでありましょう。

　この微妙な問題にすでにかかずらってしまいましたからには、貴女がたに役立つでありましょういくつかの点についてもご報告せぬわけにはいきますまい。サンパウロのご婦人がたは、美しくかつ賢くあることについては、〈自然〉から与えられた長所や美点のみでよしとしないのです。彼女らは自分自身のことをたいへんに気にかけます。みずからの持つものでは満足せず、地球上のあらゆる土地から、先進文明の卑猥《フェセニーナ》科学、じゃなくて女性《フェミニーナ》科学が、もっとも崇高に上品に精錬した、ありとあらゆるものを取り寄せるのです。このように、古きヨーロッパ大陸から、そしてとりわけおフランスから、技巧みなる女性を招聘して、貴女がたのそれとは似ても似つかぬヒマつぶしの技法を学んだのであります。すなわち、自分を磨くという繊細な業《わざ》に何時間も費やしたり、劇場で同席した社交界の面々に色目を使ったり、まったく何もせずに過ごしたり、というようなものです。彼女らは身をよじるように忙しくこれらの仕事にはげむので、夜が訪れる頃にはじゃれあう余力など残っておらず、いわゆるオルペウスの腕のなかにばたんきゅうということになるのです。ですがどうぞお知りおきください、親愛なる淑女がた、この地で日夜が入れ替わるさまは、戦いを中心に巡ります貴女がたの時とは異なるものです。一日が始まるのは、貴女がたにとってはすでにその半ばであるような刻限、そして夜が始まるのは、貴女がたの眠りが第四期を迎えている刻限、すなわち貴女がたが最後の、最大の癒しを与える眠りをむさぼっている刻限なのであります。

サンパウロのご婦人がたは、これらすべてのことをおフランスからやって来た技巧みなる女性たちから学んだのです。さらには、爪の磨き方や伸ばし方、それ以前に、語るのも恐ろしい、彼女らのすばらしいお相手がたの他のトンがった部分部分の磨き方や伸ばし方もです。どうかこの花咲き誇るようなアイロニーはお聞き流しくださいませ！

またぜひとも述べさせていただきたいのは、彼女らがどのように優美にまた男性のごとくに御髪《みぐし》を切るかでありまして、そのために、混乱せる記憶のなせる業でありましょうか、彼女らが美少年やアンティノウスに似ること、ラテンなる直系の先祖であるご婦人がたに似るに勝るほどであります。いずれにせよ、ここに長々と綴ってきました世迷い言についても、すでに申し上げましたことにお耳をお貸しいただけるのでしたら、わたくしどもに同意してくださることでしょう。なんとなればサンパウロの名士がたは、お目当ての女性を力づくで手に入れるのではなく、黄金やロブスターと引き換えに手に入れるのです。その御髪はといえば、貴女がたのところでは害虫どもの棲《す》み処《か》となりエサとなりがちなものですが、短めであるため、そのような害悪の発生を抑えることができるのであります。

というのも、サンパウロのご婦人がたは、おフランスからルイ十五世風の色恋作法の手練手管を学ぶに飽き足らず、趣味よきものであればほとんど馴染みのない諸国からでも取り寄せ、そのなかには日本の纏足《てんそく》、インドのルビー、アメリカの自由奔放さ、その他さまざまな国の叡智やら宝物やらがたくさんあるのです。

加えてわたくしどもがお話ししたいと思いますのは、ざっとですが、ポーランドからやってきてこの地に留まり、心寛《ひろ》く闊歩しております、輝かしい淑女の一群についてでございます。彼女らは、振る舞いは優雅、数は大海の砂粒にも勝るほどであります。アマゾンの淑女がた、貴女がた同様に、このようなご婦人がたは女性部屋のようなものを成しております。彼女らの家々に住む男たちは奴隷と化し、彼女らに仕えるという取るに足らぬ仕事を強いられております。そのために彼らは男とは呼ばれず、ギャルソンという俗称に対してしか返事をしません。彼らはたいへんに慇懃、寡黙で、いつも同じ仰々しいお仕着せをまとっているのであります。

　これらのご婦人がたは一ヵ所に立てこもって暮らしておりますが、それはこの地では街区《クアルテイラォン》、あるいは宿屋《ペンサオン》とか「腐った界隈《ゾーナ・エストラガーダ》」とさえ呼ばれております。この最後の表現は、品がなくサンパウロ見聞をお伝えする書簡にふさわしくないことは強調しておくべきですが、ものごとに厳密であり、知識を深めようとすることをわたくしどもは熱望していたわけではないのです。この愛すべき淑女がたは、貴女がたと同様に、女性だけの族《クラン》を成しておりますが、その体つきにおきましても、生活様式や理想におきましても、貴女がたとはかけ離れております。彼女らは夜に生き、戦の神マルスのしもべとしての雑務を果たすことはなく、右胸を焼くこともせず、商いの神メルクリウスばかり拝むということはお伝えしておきましょう。そして胸についてもうひと言付け加えさせていただけば、そのさまあたかも巨人のもの、たるんだ果実のようで、それは彼女らをいっそう優雅に見せるのみならず、苦難に満ちた数多くの仕事、超自然的なまでにその気をもよおさせるという、いと気高い仕事にも役立つのであります。

　体つきのちがいはといえば、そのさまはかなり怪物じみておりまして、とはいえ愛すべき怪物なのですが、というのも彼女らの脳は恥部にあり、小恋歌《マドゥリガル》の言葉にきわめて巧みに言われておりますように、心は手のうちにあるのです。

　彼女らは数多くの、早口の言語を話します。旅慣れ、教養も豊富です。みな判で押したように従順ですが、それぞれのちがいもまた豊かで、小麦色の女《モレーナ》もいれば、痩せた女も、まるまる太った女もいます。かように数多く様子もさまざまであるとしましたら、わたくしどもの理性は悩むのでありますが、これほどの淑女がたがただひとつの国からやって来たということがあるでしょうか。さらには彼女らはみな不当にも、「おフランス娘」というそそるあだ名で呼ばれているのです。わたくしどもが思いますに、これらのご婦人がたが揃いも揃ってポーランドからやってきたというのは真実に背くことであって、本当のところは、イベリア、イタリア、ドイツ、トルコ、アルゼンチン、ペルー、さらには地球の両半球のあらゆる豊かな土地からやってきたものなのです。

アマゾンの淑女がた、貴女がたにもわたくしどものこのような疑念を分かちあっていただけましたら幸甚でございます。さらにはこれらのご婦人がたを幾人か貴女がたの土地、わたくしどもの王国へと招いて、モダンで豊かな生活様式を学び、貴女がたの皇帝の宝物をいっそう価値あるものとしてはいかがでしょうか。貴女がたの無二の法を手放したくないとしましても、もしこれらのご婦人がたが幾百人か貴女がたとともに暮らすことになれば、わたくしどもが処女密林《マト・ヴィルジエン》の王国――ちなみにこの名は古典作家の教えによれば「処女密林《マタ・ヴィルジエン》の王国《モドゥス・イン・レブス》」とするべきものなのですが――に帰還いたします際には、おおいにわたくしどもの商売のやり方の参考になることでありましょう。

仮に有力な博士がたもまた受け入れておくことがなければ、このような招聘によってわたくしどもが国を離れているときにその地に訪れるやもしれぬ危険について、予めお知らせしておくべきでありましょう。それらのご婦人がたがまことにお盛んであり奔放であるからであります。貴女がたが実行される軽率な誘拐が、度を越えて彼女らの心を痛める、ということもじゅうぶんに考えられます。そして彼女らが、みずからのパンの種たる叡智と秘密を忘れてしまわぬよう、ホエザルやらバクやら悪賢い吸血ナマズといった獣どもに対してそれを使うに至る、ということもありうると思われます。また、親愛なる家臣がた、貴女がたが彼女らから、心優しき詩人サッポーが薄紅色なるレスボス島にて友人の女性たちと行っていたような悪習——人類の可能性の光には、ましてや厳格で健やかなるモラルの批判にはとうてい耐えられぬ悪徳——を学ぶことにでもなれば、気高い義務の意識と感情とを持ったわたくしどもは、なおいっそう心を痛めることになるでしょう。

ご覧いただきましたとおり、わたくしどもは名高きサンパウロの地の滞在を堪能しておりますが、わたくしどものお守り《タリスマン》のことを忘れたわけではありませぬ。この永遠のラテンの都のもっとも重要な事柄を学ぶための努力は、ビタ銭一枚たりとも惜しんではおりませぬが、それというのも、わたくしどもが処女密林《マト・ヴィルジエン》に帰還する際、さまざまな開化を行ってわたくしどもの生活を楽にし、進んだ国としてのわれらが血統を、世界のもっとも進んだ国々のあいだに広めんがためであります。そして、この気高き都について、貴女がたが支配するわたくしどもの王国にもこれに等しきものを築き上げるために、もうひと言付け加えておきたいと存じます。

サンパウロは、カエサルの都、わたくしどもの由って来たるラテン文化の頭《カピタ》たるローマの伝統に倣って七つの丘の上に建ち、チエテー川の優美にして落ち着きなき清水の口づけを受けております。その水はすばらしく、空気はアーヒェンやアントウェルペンのように温和で、土地も健やかさと豊かさにおいてもそれらに及ばざることなく、時評記者《クロニスタ》たちの洗練された言葉使いを借りれば、都会人は自然と三ッ星をそなえて生まれてくるのであります。

街は美しいことこのうえなく、暮らしは快いものです。街中が細い通りに貫かれ、そこには彫像やみごとな細工の施された可憐なランプが飾られております。あらゆるものが、そのように巧みに空間を埋め尽くし、これらの動脈には人びとを収め切れぬほどです。このように人口の大増加が保たれ、その総量はどこまでも大きく見積もりうるでしょうが、創意あふれるミナスジェライスの人びとが発明した選挙に好都合となっているのです。一方では、市会議員がたが論じる問題は広きに渡り、きわめて純粋な、崇高に彫逐された文体の雄弁も発露し、それによって彼らは名誉ある日々を謳歌し、みなの賞賛を受けるのであります。

前述の大通りはいずれも、ひらひらと飛ぶ紙切れや果物の皮に覆われております。なかでも際立っているのは、きわめて微細な舞い飛ぶ塵で、その上には日ごと一〇〇〇と一匹の大食い巨大生物の標本が広まり、人びとを殺戮するのです。このようにしてわれらが先達がたは、交通の問題を解決したのです。というのも、それらの虫どもは、貧民たちのみじめな命をむさぼり、あぶれものや土方の増加を抑えるからです。こうして人びとはつねに同じ数に保たれているのです。歩行者によって、また「自動車」や「電車」と呼ばれている、うなり声を上げる機械（俗に「ボンド」とも呼ばれていますが、これはまちがいなく英語から来た言葉でしょう）によって舞い上がる塵を何とかしようと彼らが雇い入れたのは、仕事熱心な働き手、人間のような、青みがかったモノトーンのケンタウルスめいた怪物でありまして、「公共清掃局」の称号が与えられております。それらは、友愛に満ちた月の静けさに乗じて《ペル・アミーカ・シレンティオ・ルナエ》、街の動きが止まり、ほこりがおとなしく静まり返るとき、棲み処から出てきて、ラバが回転式ほうきを曳くような要領で、回るしっぽによって塵をアスファルトから浮かび上がらせ、虫たちを眠りから引きはがして、大げさな身ぶりと恐ろしい叫び声によって活動へと駆り立てるのです。この夜中の用務を控えめに導くのは、遠くから遠くへと放たれる、宵闇を完全なままに保つほどのごくごく小さな光で、悪人たち泥棒たちの仕事の障りにさえならぬものです。

このような物々を書き写すことは、わたくしどもにはまことに過ぎたることと思われます。それらは秩序と平和とをおのずと好むわたくしどもの気風にそぐわぬ唯一の習慣だからです。しかしながらサンパウロの行政官がたを責めることなど、わたくしどもにとっては滅相もないことであります。なんとなれば、偉大なるサンパウロ人にはかような悪人どもとその芸術とが賞賛の的であるということを、わたくしどもはよく存じ上げているからです。サンパウロ人は、熱く勇敢な百戦錬磨の人びとであります。自分ひとりでの戦いに生き、また集団での戦いに生き、皆、あたまのてっぺんから爪先まで鎧っているのです。そのためこの地ではおびただしい数の騒乱が起こり、その際、奥地探検隊《バンデイランチ》と呼ばれる何百万もの英雄たちが闘技場に降りる、ということも稀ではないのです。

かような理由によりまして、サンパウロには戦慣れしたけんかっ早い警察が配備され、値の張る、技巧を凝らした白い宮殿に住んでいるのであります。その警察はまた、国家の数え切れぬほどの黄金の価値が下がらぬよう、公共の富の過剰を抑えなければならないのです。その熱心さは、国のお金をいたるところで飲み込む仕事に注がれるのですが、あるいはパレードやキラキラの衣服であったり、あるいは、わたくしどもはまだ知る幸運に恵まれておりませぬが、評判のエウジェーニア女史の体操であったり、さらには、劇場や映画館から帰宅する途上の、またこの州都を取り囲む快き果樹園を自動車で巡る、軽率なブルジョワどもを襲撃するためだったりするのです。この警察はさらにまた、雇われ階級の女たちを楽しませることもしなければならないのです。その名誉のために言われておりますのは、彼らはこれを、ドン・ペドロ二世公園やひかり《ルース》公園といった、特定の目的《アド・ホック》のために造られた公園で、日々熱心に行っているということであります。そして警察の給与が多くなりすぎると、遥か遠くの、この国のなかでも肥沃ではないほうの土地に、わたくしどもの版図を荒らす人食い巨人の一団にむさぼり食われるための人員が派遣され、彼らは清廉なる政府の土地にて滅するという、輝かしからざる任務を遂行するのです。これは、投票による決定、また高官たちの宴会での決定に基づくのと同様、全国民の意向と賛同にも基づいて行われるものであります。それら乱暴者の巨人たちは、警官たちをつかまえるとドイツ風に焼いて食べます。そして不毛の土地に落ちる骨は、未来のコーヒー栽培にとってのすばらしい肥やしとなるのです。

　サンパウロの人びとはかようにして、まったく完璧な「秩序と発展《オルデン・イ・プログレッソ》」のなかで、じつに秩序正しく暮らし、繁栄を誇っているのです。また、心寛い病院を建てる暇も彼らには不足してはおらず、この地には、南アメリカ、ミナスジェライス州、パライーバ州、ペルー、ボリビア、チリ、パラグアイからレプラを患った者がやってきます。彼らは、この美しさを極める治療院に来て、疑わしい、退廃的な美しさを備えたご婦人がた——つねにご婦人がたなのです！——の献身を受ける以前には、華麗なる騎馬団を成して、あるいはスポーツ好きのわれらが国民の誇りでもあった威風堂々たるマラソン団を成して、この国の街道や州都の通りを賑わしていたのですが、そのまなざしの裡《うち》には、ラテンなる二頭立てまた四頭立ての戦車の血が脈打っているのであります。

しかしながら、われらが淑女がた！　この偉大なる国には、究明すべき病気や虫がまだゴマンとあるのです！……。すべては果てのない大災害へと向かいつつあり、わたくしどもは病やら足のたくさんついた虫やらに蝕まれております！　わたくしどもがふたたびイギリスやアメリカ合衆国の植民地になる日も遠くはないものと思われます！……。このために、また、この国で唯一有用な人びとであり、そのために機関車とも呼ばれているサンパウロ人を永遠に記憶しておくために、わたくしどもはこれほど大きな悲惨の秘密を対句詩に詠んでおきたいと存じます。

健康《サウーヂ》はわずか　サウーヴァ蟻はたくさん
それがブラジルの害悪だ

この対句詩は、わたくしどもがブタンタン毒蛇研究所の名士芳名帳に、ヨーロッパにもその名を馳せているこの機関を訪れた際に書くことにしたものです。

サンパウロの人びとは、五〇、一〇〇、あるいはそれ以上の階を備えた超高層の宮殿に住み、そこには繁殖期になると、さまざまな種類の蚊が雲を成して侵入してきて、現地人はそれが大好きなのですが、殿がた淑女がたのトンがった部位をまことに正確にチクリとやりますので、森に住む人びとが使っているようなその気を催させるマッサージをするためのチクチクのイラクサなど、彼ら彼女らには必要もないのです。その骨折り仕事は蚊が担うからであります。蚊はこのような奇蹟を行いますので、貧しい街区では毎年、数え切れぬほどの騒々しい少年少女たちが現れるのですが、彼らは「イタリア人のちびちゃん《イタリアニーニョ》」と呼ばれております。その運命はといえば、輝かしい権勢家たちの工場を益すること、また大富豪《クロイソス》たちが香を焚いてくつろぐ際に奴隷のように仕えることなのであります。

これらの、また他の億万長者たちが、サンパウロの周りには一万二〇〇〇もの絹工場を建て、街路の奥まったところには世界でもっとも大きな名高いカフェを建てたのですが、そのすべてに亀甲が象眼されたジャカランダーの木の彫刻がほどこされ、金箔で覆われているのです。

大統領官邸はといえば、すべて黄金で、アドリア海の女王ヴェネツィアの様式を模して造られております。たくさんの妻を抱える大統領は、夕暮れ時になると、きわめて薄い革の張られた銀の四輪馬車に乗って、微笑みながらあてもなく周遊するのです。

この書簡があまりにも冗漫になってしまうのでなければ、アマゾンの淑女がた、他のたくさんの偉大な物事も描き出したかったところでありますが、これが地上でもっとも美しい街であることを請けあうことにおきまして、わたくしどもはこれらの傑出せる人びとのためにすでに十分に尽くしたことと存じます。しかしながら、もうひとつ、これらの人びとに固有の興味深い点を、沈黙の裡に秘したままにしてしまうとすれば、わたくしどもの面目も立たぬというものでしょう。申し上げますと、彼らの知性の現れの豊かさたるもの、まことの驚異であり、話し言葉がひとつある一方、書き言葉はまた別のものなのであります。過客をもてなす心寛きこの地方に着くやいなや、当地の風習を熟知せんと取り組みました結果、わたくしどもの目にふれました数多くの驚異驚嘆のなかでも、言語の独自性のそれは決して小ならざるものでした。会話におきましては、サンパウロの人びとは野蛮で、雑然とした、出来損ないの、方言まじりで不純な土着言語《リングアジャール》を用いるのですが、呼びかけの声、またじゃれあいの際の声におきましては、その味わいと迫力たるやなかなかのものであります。この他にもさまざまなことを、わたくしどもは勤勉に学び取りました。そちらに着きましたらそれらのことについて貴女がたにお伝えするという仕事は、わたくしどものよろこびとなるでありましょう。しかしながら、この地で生まれた人びとは、たしかに会話においてそのような軽侮すべき言語を用いるのですが、ペンを執るやいなや、そんな無作法は捨て去ってしまい、リンネのようなラテン的人物が現れ、別の言語でみずからを表現しはじめるのですが、その言語たるやウェルギリウスのそれにも近似せるもので、おべっか使いの甘っちょろい言葉に依りますれば、永劫不朽の優雅さを備えた大詩人カモンイスの言語なのです！　かような独自性と豊かさについて知ることは貴女がたにとってはよろこばしきことに相違ないと存じますが、以下のことをお知りになればさらなる驚きを覚えられることでしょう、すなわち、大半の、というか、ほぼすべての人びとは、この二種類の言語だけでは事足りず、きわめて音楽的であり優美である、もっとも正当なイタリア語の豊かさも取り入れているのですが、このイタリア語にはサンパウロの至るところで出くわすほどであります。神々《グラッサス・アオス・デウズィス》のおかげで、わたくしどもはあらゆる物事に精通いたしました。そして、「Brasil」という語の「z」という綴り字についても、代名詞「se」の問題についても、何時間も議論を重ねてきました。そのうえ「驢馬《ブーホ》」と呼ばれております対訳版の書物を何冊も手に入れ、ラルース社の小さなフランス語辞典も手に入れました。わたくしどもはこうしてすでに、哲学者たちの名高い文句や聖書のタマタマ、じゃなくて節々を、ラテン語原文にて諳んずることができるほどであります。

そしてまた、アマゾンの淑女がた、かような進歩と輝かしい文明にまでこの巨大な街を高めたのは、そのもっとも偉大なる人物たち、政治家とも呼ばれる人物たちであるということをお知りおきいただきたく存じます。この名で呼ばれますのは、博士たちから成る洗練を極めた人びとで、そのようなものは想像も付かぬでしょう貴女がたの目には、怪物とさえ映りそうな代物です。怪物と申しましても、真実のところ、豪気、叡智、誠心、道徳において並ぶもののなき偉大さを備えた人びとでありまして、人間に似るところがありましても、彼らは王族に由来する者たちであり、人間らしいところなどほんのわずかしかないのです。彼らは皆、「ビッグ・ダディ《パパイ・グランヂ》」と俗に呼ばれる皇帝に従っているのですが、その皇帝は沿岸の街リオデジャネイロに住んでいます――外国人が口を揃えて言うところによれば、世界でもっとも美しい街であり、それはわたくしもこの目で確かめましたところであります。

最後になりますが、親愛なる家臣たるアマゾンの淑女がた、立場の命ずる義務により処女密林の王国を離れて以来、わたくしどもはたいへん苦しみ、重い、絶えざる痛みを感じてきたのです。この地ではあらゆるものが楽しみであり冒険でありますが、失われたお守り《タリスマン》を取り戻すまでは、わたくしどもはよろこびも休息も味わうことはないでしょう。しかしながら、繰りかえしになりますが、わたくしどものヴェンセスラウ博士との関係はたいへん良好なものでございます。すでに交渉の計画が練られ、つつがなく進行しております。よって、先に述べました謝礼の件ですが、前もって送金していただいてもよいのであります。貴女がたの欲なき皇帝はわずかなもので満足いたします。カカオ粒を満載したカヌーを二〇〇艘《そう》ほど送っていただくことが仮にむずかしいとしましたら、一〇〇艘でも、たった五〇艘でも結構なのです！

どうか貴女がたの皇帝の祝福をお受け取りください、そして健康と兄弟愛とに恵まれることをお祈りしております。この悪筆を敬意と従順をもって受け取っていただければ幸いです。そしてなによりも、わたくしどもが火急に必要としている謝礼とポーランド娘の件だけはお忘れなきよう。

シーが貴女がたの卓越を加護せんことを。

マクナイーマ、

皇帝。

第十章

ピアウイー・ポードリ

ぼこぼこにやられて弱り果てたヴェンセスラウ・ピエトロ・ピエトラは、ふわふわの綿にくるまれてハンモックの上で数ヵ月を過ごしました。マクナイーマはといえば、巨人の体の下にある巻き貝のなかにしまいこまれたムイラキタンを取り返すための一歩を踏み出すこともできずにいました。死をもたらすといわれるクピン蟻を敵のサンダルのなかに入れようかとも考えましたが、後ろ向きの足がついているピアイマンはサンダルを履いてはいませんでした。マクナイーマはこのどん詰まりにうんざりして、木芋粉《ベイジュー・メンベッカ》のお菓子をむしゃむしゃやり、火酒《ヘスチーロ》をがぶがぶ飲んでそれを流し込みながら、日がなハンモックの上でごろごろしていました。「神の母」と呼ばれる妻とも名高いインディオの聖人アントニオが宿屋に泊まりに来たのはこの頃のことです。マクナイーマのところにやってくると、演説をぶち、もうすぐ到来するはずの、魚ともバクともつかないお姿の神さまの御前でマクナイーマに洗礼を授けました。こうしてマクナイーマは、バイーアの奥地で熱狂を巻き起こしていたカライモニャンガ教に入信したのでした。

　マクナイーマは手持ち無沙汰のこの時間を活かして、この土地のふたつの言葉、すなわち話し言葉のブラジル語と、書き言葉のポルトガル語の習得に励みました。そしてもうあらゆるものの名前を知っていました。ある「花の日」のこと、それはブラジル人たちが深い慈悲を持つようにと作られた祝日なのですが、あまりにもたくさんのカラパナン蚊がぶんぶん飛んでいたので、マクナイーマは勉強を投げ出してしまい、あたまを冷やすために街へ行きました。そこで何ともかんともたくさんのものを見ました。ショーウィンドウひとつひとつの前で立ち止まって、なかにいる怪物の群れをじっくり見ました。それはまるで、洪水で世界が水浸しになったときにみんなが逃げてきたというエレレー山でした。マクナイーマは歩き回り歩き回り、バラの花を積んだカゴを持った女の子《クニャタン》に出くわしました。女の子はマクナイーマを立ち止まらせると、そのラペルに花を挿して言いました。

「一〇〇〇レアルよ」

　マクナイーマは、服というキカイの、女の子が花を挿した穴の名前を知らなかったので、すっかりへそを曲げてしまいました。それは「ボタンホール《ボトエイラ》」という名前だったんですけどね。記憶のなかを引っかき回して考えてみましたが、その穴の名前は聞いたこともありません。「穴《ブラーコ》」と呼んでおこうかとも思いましたが、この世界にある他の穴とごっちゃになってしまうとすぐに気づいて、女の子に対して恥ずかしくなりました。書き言葉では「小穴《オリフィーシオ》」というものなのでしたが、そんな言葉を話す人はひとりもいません。考えこみ、考えこんでもその名前を見つける方法はまったくなく、すでに女の子に出会ったヂレイタ通りを離れて、コズミ師の家を通りすぎ、サン・ベルナルドの先で立ち止まっていることに気づきました。そこで元のところに戻ってその娘にお金を払い、荒い鼻息を立てて言いました。

「ぼくの一日を台無しにしてくれたね！　もう二度と花なんか挿さないでよ、この……このケツ穴《プイート》に！」

マクナイーマは下品なことを言ってしまいました。それはそれは汚い言葉を使ってしまったのです！「プイート」が汚い言葉だと知らなかった女の子は、マクナイーマがしょげかえって宿屋に戻ってゆくあいだも微笑みながらその言葉が素敵だと思っていました。「プイート……」と女の子はつぶやき、気に入って繰りかえしました。「プイート……プイート……」。流行りの言葉だと思ったのです。そしてみんなに、プイートにバラを挿しませんか、と言って回りました。バラを買う人もいれば買わない人もいましたが、他の売り子たちもその言葉を耳に止めて使いはじめ、「プイート」は広まっていきました。もう誰も、たとえば「ブートニエール」なんて言わなくなり、聞こえてくるのは「プイート」ばかりになりました。

マクナイーマの不機嫌は一週間も続き、食わず、じゃれあわず、眠りもせず、ただこの土地の言語を知りたい気持ちでいっぱいでした。誰かにあの穴の名前を聞こうかとも思いましたが、無知だと思われてしまうのが恥ずかしくて聞けずにいました。ついにカシンボの木の日曜日がやってきました。

それは南十字星の日で、ブラジル人たちがもっと休息を取るようにと作られた新しい祝日だったのです。朝方にはモオカでパレードがあり、正午には「イエスさまの御心」教会で青空ミサが挙げられ、十七時にはハンジェウ・ペスターナ大通りで車のパレードや紙吹雪《コンフェッチ》遊びが行われ、夜には、十五番通りでの下院議員《デプタード》たちと暇人《デゾクパード》たちの行進のあと、イピランガ公園で花火が上げられました。マクナイーマは気晴らしをするため、花火を見に公園に行きました。

宿屋から出るやいなや、色が白くてブロンドの、全身を白い服で包み、小さなヒナギクの花々を飾った赤いトゥクマン椰子《やし》の殻の帽子をかぶった木芋《マンヂオッカ》の娘、白い白い肌の女《クニャン》に出くわしました。いつも援助を必要としている、フロイラインという名前の女です。ふたりはいっしょに歩いて目的地にたどり着きました。公園はすばらしく美しいものでした。電灯とかいうキカイとくっついた噴水とかいうキカイがたくさんあって、人びとは暗がりのなかでたがいに寄りかかり、愛情を伝えるために手をしっかり握りあうのでした。フロイライン婦人もそんなふうにしたので、マクナイーマは甘く囁《ささや》きました。

「マニ……マンヂオッカのお嬢さん！」

するとドイツ人のお嬢さんは胸を打たれて涙を流し、振り返ってヒナギクを彼のプイートに挿してもいいかとたずねました。最初は英雄はそれはもうびっくりしました！　それではばかにしてやろうかと思いましたが、事の成り行きに思い当たり、自分がとっても賢かったことに気づいたのでした。マクナイーマはげらげら笑いました。

でも実際のところ、「プイート」は、いと高き知性をもって書き言葉や話し言葉を研究する雑誌にも載っていましたし、不完全脚韻法、省略法、語中音脱落、換喩、隠喩、音位転倒、語頭音添加、語頭音消失、語尾音消失、重音脱落といったレトリックの規則によって、また通俗語源学によって、すっかり定着して、「ボタンホール」が「プイート」に移行したのは、媒介語であるラテン語の「ラバニティウス」を経てのこと（ボトエイラ、ラバニティウス、プイート）で「ラバニティウス」という語は中世の文献には見当たらないものの、まちがいなく俗ラテン語には存在し、よく見られるものだったと識者たちは請けあっていたのです。

そのとき混血《ムラート》の男がひとり、大集団のなかから出てきて彫像のひとつによじ登り、マクナイーマに向かって南十字星の日とは何なのか、熱っぽい演説をぶちはじめました。だだっ広いお空には雲ひとつなく、お月さまのカペイもいませんでした。見えていたのは、木々の親神さま、鳥たちの親神さま、森の動物たちの親神さま、それに、自分たちの親戚や兄弟姉妹やお父さんやお母さんやおばさんや若い娘たちで、それらのお星さまたちがみんな幸せそうに、何の悪もない、健康《サウーヂ》はたっぷりあってサウーヴァ蟻がほとんどいないところ、天空で、きらきらと瞬《またた》いていたのでした。マクナイーマは感謝の気持ちを抱きながら、男が自分に向けていた演説に耳を傾け、納得していました。男があれこれを引きあいに出し、南十字星のことをたっぷり描き出してみせたあとでやっと、マクナイーマはその南十字星とかいうものが、自分がよく知っている、お空に住む鳳冠鳥《ムトゥン》の父神さまである四つの星であることに気づきました。ムラートの嘘っぱちに腹を立ててこう叫びました。

「ちがうよ！」

「……みなさまがた」とそいつは言っていました。「熱い涙のように煌めくあれら四つの星々は、崇高なる詩人の言葉に依りますれば、至聖なる由緒正しき南十字星でありまして……」

「ちがうよ！」

「シーッ！」

「……この象徴はもっとも……」

「ちがうよ！」

「賛成！」

「消え失せろ！」

「シーッ！……シーッ！……」

「……われらが、い、愛しき祖国でもっとも、す、崇高ですばらしいのがあの、神秘を湛《たた》えて瞬く南十字星で……」

「ちがうよ！」

「……ご、ごらんのように……」

「野次はよせ！」

「……その銀の、きらびやかな、よっ……つのスパンコールは……」

「ちがうよ！」

「ちがうぞ！」と他の人びとも叫びます。

罵声があまりにもひどくなって、ムラートはとうとう参ってしまい、英雄の「ちがうよ！」に悪のりしたみんながばか騒ぎをやりたくなっていました。でもマクナイーマはプンプン怒って体を震わせていたので、そんなことには気づきません。彫像によじ登って、鳳冠鳥《ムトゥン》の父神さまのおはなしを始めました。それはこんなふうでした。

「ちがうよ！　紳士淑女のみなさん！　あそこの四つの星はムトゥンの父神さまです！　誓って言いますが、あれはただっ広いお空に住むムトゥンの父神さまなんです、みなさん！……。それは動物たちがもう人ではなくなった時代に、大きな何《フラーノ》とか森であったことなんです。義理の兄弟がふたり、おたがいから遠く離れて暮らしていました。ひとりはカマン・パビンキという名前のまじない師です。あるとき、カマン・パビンキの義弟が、ちょこっと狩りをしたいと思って森に入りました。狩りをしていると、ピアウイー・ポードリと、その仲間の蛍、カマイウアーに出くわしました。ピアウイー・ポードリというのはムトゥンの父神さまです。アカプーの木の高い枝に止まって休んでいました。それで、まじない師の義弟は藁葺小屋《マロッカ》に戻ってくると、ピアウイー・ポードリとその仲間のカマイウアーに出くわしたことを妻に語りました。ムトゥンの父神さまとその仲間はずうっと昔にはぼくたちみたいな人だったことがあるんだよ。男はピアウイー・ポードリを吹き矢で仕留めたくてたまらなかったけど、ムトゥンの父神さまが止まっているアカプーの枝が高すぎて届かなかった、と言いました。それで竹の矢尻のついたプラクウーバの木でできた矢をつかんでカラタイーという魚を獲りにいきました。それからすぐにカマン・パビンキは義弟の藁葺小屋《マロッカ》に行って言いました。

「妹よ、おまえの夫は何て言っていたんだい？」

するとは妹はすべてをまじない師に語り、ピアウイー・ポードリは仲間の蛍、カマイウアーといっしょにアカプーの木の枝に止まっていたことを話しました。次の朝早く、カマン・パビンキは小屋《パピリ》を出ると、アカプーの木でさえずっているピアウイー・ポードリを見つけました。そこで、まじない師である彼はトカンデイラ蟻のイラーギに姿を変えて木を登っていきましたが、ムトゥンの父神さまはその大きなアリを見つけると、口笛をぴゅうっと吹きました。大きな風が吹いてきて、まじない師は木から引きはがされて、下に生えていたカピトゥーヴァの茂みに落っこちました。そこでもっと小さなタクリ蟻のオパラーに姿を変えてふたたび登っていきましたが、ピアウイー・ポードリはまたその姿を見つけました。口笛で起きたそよ風がやってきて、オパラーは揺さぶられ、下に生えていたトラポエラーバの茂みに落っこちました。そこでカマン・パビンキはメーギという名前のとっても小さなアシアライ蟻に姿を変えてアカプーの木を登っていき、ムトゥンの父神さまの鼻の穴のところに思い切り噛みつき、小さな体を丸めて、噛みつきながら何とも言えないものを準備すると、ぴゅっ！と蟻酸がそこに飛び出したのでした。シーッ！　みなさん！　それでピアウイー・ポードリは痛くてたまらずあちこちに飛び回って、くしゃみをしてメーギを遠くに飛ばしてしまいました！　まじない師は、びっくりしたせいでもうメーギの体から出られなくなりました。そのせいでいまでもこのアシアライ蟻という害虫がわたしたちのところにいるんですよ……。みなさん！

健康《サウーヂ》はわずか　サウーヴァ蟻はたくさん
それがブラジルの害悪だ！

これはもう言いましたね……。次の日、ピアウイー・ポードリは、地上のアリたちに苦しめられるのにもうこりごりで、お空に行って暮らそうと思い、そうしました。仲間の蛍に、緑色のランプをしっかり灯して前のほうに伸びる道を照らすよう頼みました。カマイウアーの甥っ子の蛍、クナヴァーが、カマイウアーの先に立って前を照らし、さらにその兄さんに、先に行って自分の前を照らすよう頼みました。兄さんは父さんに、父さんは母さんに頼み、母さんは同世代のみんなや警察署長さんやら町の警部さんやらそれはもうたくさんの蛍に頼み、雲のような蛍たちがたがいの足もとを照らしあいながら進んでいきました。たどり着くとその地が気に入って、数珠つなぎになったまま、だだっ広いお空から二度と戻ることはなかったのです。宇宙を横切っているのがここからでも見えるあの光の道ですよ。そしてピアウイー・ポードリもお空へと飛んでゆき、そこに残ったのです。みなさん！　あの四つの星は南十字星なんかじゃありません！　ムトゥンの父神さまです！　ムトゥンの父神さまです！　みなさん！　ムトゥンの父神さま、だだっ広いお空に暮らすピアウイー・ポードリなんです！……。これでおしまい」
マクナイーマはくたびれて話を終えました。そして群衆のあいだに起こった、幸せそうな、長々しい囁き声が、人びとや鳥たちの親神さまや魚たちの親神さまや虫たちの親神さまや木々の親神さまといった知りあいのみんなをさらに輝かせるのでした。お空に住んでいる、生ける者たちの親神さまみんなに、驚きのまなざしを投げかけるサンパウロの人びとのよろこびといったら、それはもうたいそうなものでした。それらの幽霊たちはみんな最初は人で、そのあと神秘に満ちた幽霊となって、生ける者たちを誕生させたのです。いまはお空のお星さまになっているのです。

人びとは胸を熱くし、由来話と生き生きとしたお星さまとで心を満たして、その場を離れてゆきました。南十字星の日やら電灯つきの噴水とかというキカイやらを気に留める人なんてもういません。家に帰ってシーツの下に羊の毛皮を敷きました。というのも、その夜は火で遊んだので、ベッドにおねしょをするにちがいなかったからです。みんな寝るために立ち去りました。そして夜の帳《とばり》が降りました。

彫像の上に登ったマクナイーマはひとりぼっちになりました。彼も胸を熱くしていたのです。高みを見上げました。南十字星だなんてとんでもない！　ここからでもピアウイー・ポードリがよく見えます……。ピアウイー・ポードリも、彼に微笑みかけて感謝の気持ちを表していました。そのときふいに、蒸気機関車の汽笛のような長い音がしました。でもそれは機関車のものではなく、公園の明かりをみんな消してしまう息を知らせるサイレンでした。するとムトゥンの父神さまは片方の翼を柔らかくはためかせ、英雄に別れを告げました。マクナイーマもお礼を言おうとしましたが、その鳥は闇のなかにほこりを立てながら、だだっ広いお空をあちこち飛びはじめていました。

第十一章

セイウシーばあさん

次の日、目を覚ますと、英雄はひどい風邪を引いていました。というのも、裸んぼで寝ている人をつかまえてしまうカルヴィアーナという寒風のばけものが怖くて、熱い夜だったのに服を着たまま寝たからなのです。でも、前の晩の演説がうまくいったので、とてもごきげんでした。人びとにもっとたくさんの話を聞かせてやろうと、病気の十五日間を待ち切れない気持ちで過ごしました。でも具合がよくなったと感じたのは朝早くのことで、言い伝えでは、まっ昼間からおはなしをするとアグーチのしっぽが生える、と言います。なので兄さんたちを誘って狩りに行きました。

サウーチの森に着くと、英雄が囁《ささや》きました。

「ここでいいな」

兄さんたちを待ちかまえさせ、森に火を放つと、自分も茂みに身を潜め、森のシカが出てきたらつかまえようと待ちました。でもそこにはシカなんて一匹もいなくて、火が燃え尽きるとワニさん出てきたでしょうか？　とんでもありません、森のシカどころか草原のシカも出てこず、出てきたのは焦げたネズミが二匹だけでした。そこでマクナイーマは焦げネズミをつかまえて食べると、兄さんたちに声もかけずに宿屋に帰ったのです。

戻ってくると、近所の人びと、召使い、主婦、女の子、タイピスト、学生、公務員、それはそれはたくさんの公務員！といった、ありとあらゆる近所の人びとを集めて、アロウシの市場に行って二匹の森の……を狩った、とほらを吹いたのです。

「森の……、あれは森のシカじゃなかったな、野のシカ二匹を兄さんたちと分けて食べたんだ。きみたちにもひと切れ持ってこようと思ったんだけどね、曲がり角ですべって転んじゃって、包みをぶちまけたら犬がぜんぶ食べちゃったんだよ」

でもみんなそんな出来事が信じられず、英雄の言うことを疑わしいと思いました。マアナペとジゲーが戻ってくると近所の人びとは、マクナイーマが野のシカを二匹、アロウシの市場でつかまえたというのが本当かどうか聞きに行きました。嘘をつくことのできない兄さんたちは困り果てて、カンカンに怒って叫びました。

「何が野のシカだ！　マクナイーマはシカなんてつかまえちゃいない！　シカの獲物なんていなかったぞ！　ほら上手なネコに狩り上手なし、だよ！　マクナイーマがつかまえて食べたのは焦げネズミ二匹だけさ」

そこで近所の人びとは、みんな英雄の嘘だったということに気づいて腹を立て、申し開きさせようと彼の部屋に押しかけました。マクナイーマはパパイアの茎でできた小さな横笛を吹いていました。吹くのを止めて、吹き口のところを尖らせてから、落ち着き払ったまま、驚いてみせました。

「なんでこんなにたくさんの人がぼくの部屋に来たのさ！……。体によくないじゃないか！」

みんなが彼にたずねました。

「きみがつかまえたのは本当は何だったんだ？」

「二匹の森のシカだよ」

すると、召使い、女の子、学生、公務員、ありとあらゆる近所の人びとが彼のことをあざ笑いはじめました。でもマクナイーマは吹き口を尖らせつづけています。主婦は腕組みをしたままどなりました。

「でも、どうして二匹のシカだなんて言うんだろうねえ、二匹の焦げネズミじゃなくてさ！」

マクナイーマは彼女を見て答えました。

「嘘をついたんだよ」

肩すかしを食った近所の人びとはみんなアンドレの顔になって、もったいつけながらひとりずつ出ていきました。アンドレというのはいつも不機嫌な顔で歩いているご近所さんのことです。マアナペとジゲーは、ねたましいほどの弟の賢さに目を見交わしました。マアナペはなおも問いかけます。

「でも、どうして嘘なんてついたんだ！」

「別につきたかったわけじゃないよ……ぼくたちに起こったことを話そうとしたら、いつのまにか嘘をついてただけなんだ……」

マクナイーマは小さな笛を放り出すと、ガンザーと呼ばれるシェイカーをつかみ、咳払いをして歌いはじめました。午後のあいだずっと、それはそれはもの悲しい小唄《モーダ》を歌いつづけたので、彼の両目はひと節ごとに涙を落とすのでした。しゃくりあげがひどくなって歌を続けられなくなったので止めて、ガンザーを手放しました。外の眺めは、濃い霧のなかで陽が沈む、悲しいものでした。マクナイーマは不幸せを感じ、忘れることのできないシーへの恋しさ《サウダーヂ》を抱きました。兄さんたちを呼んで、みんなで慰めあうことにしました。マアナペとジゲーはベッドの上、マクナイーマのそばに座って、三人は長々と、森の母神さまであるシーの思い出を語らいました。そして、森のこと、差掛小屋《コベルト》のこと、霧のこと、神さまたちのこと、ウラリコエーラ川の危なっかしい崖のことを話して恋しさ《サウダーヂ》を打ち消そうとしました。三人が生まれ、吊りゆりかごのなかで初めて笑った場所のことです……。村の空き地のハンモックに寝そべっていると、五〇〇よりももっとたくさんの種類の鳥たちが集まって歌うので、昼の光が届かないありさまでした……。それに一〇〇〇の十五倍ほどの種類の動物たちが、何百万本もの、数え切れないほどの木々が生い茂る森に影を落としていました……。あるとき、白人の男が、イギリス人の土地からゴート族の食糧カバンに入れて持ってきた風邪の菌を流行らせたことも、いまのマクナイーマにとっては郷愁《ソダーヂ》の涙のもとです。風邪の菌は、まっ黒くろのムンブッカ蟻の巣穴に棲みつきました。暗くなると、水浴びのあとのように、暑さも和らぎました。働くときには歌を歌いました。ぼくたちのお母さんはパイ・ダ・トカンデイラというところで緩やかな丘になったねえ……。あぁ、めんどくさ……。そして兄弟三人は、ウラリコエーラ川の囁《ささや》きをすぐ近くに感じました！　なんてすばらしいところだったんだろう！……。英雄はうしろに倒れ込んで、ベッドに寝転がって泣きました。

泣きたい気持ちが収まるとマクナイーマは蚊を追い払い、何か気晴らしがしたくなりました。そして巨人のお母さんを、オーストラリアから来たばかりのま新しい悪口でののしることを思いつきました。ジゲーを電話機に変えましたが、ジゲー兄さんはまだ英雄の嘘のことでうろたえていたので、電話をかけることはできませんでした。不具合があったのです。そこでマクナイーマは心地よい夢を見るためにファーヴァ・ヂ・パリカーという草のタバコを吸って、ぐっすり眠りました。

次の日、兄さんたちに仕返ししなければいけないことを思い出して、ちょっといたずらしてやることにしました。朝方早くに起き出して、おかみさんの部屋に身を隠し、時間をつぶすためにじゃれあいました。それから慌てふためいて戻ってきて兄さんたちに言いました。

「兄さんたち、株式市場のまん前でバクのま新しい足跡を見つけたよ！」

「嘘じゃないよねウズラさん！」

「びっくりでしょ。ぼくもまさかとは思ったんだけど！」

この街でバクを仕留めたものはまだ誰もいません。兄さんたちは驚いて、マクナイーマといっしょに獲物をつかまえに行きました。その場所に着いて足跡を探しはじめると、そこにいたたくさんの人びと、商人、小売商、株屋などもみんな、アスファルトにかがみ込んで探す兄弟三人といっしょになって探しはじめました。探しに探しましたが、あなた見つけましたか？　誰も見つけません！　そこでみんながマクナイーマに聞きました。

「どこでバクの足跡を見つけたのさ？　ここには足跡なんて全然ないじゃないか！」

マクナイーマは探すのを止めずにこう言いつづけます。

「テターピ、チゾーナネイ・ペモネーイチ・ヘーヘー・ゼテーニ・ネタイーチ」

そしてみんなが探しつづけます。がっかりしてあきらめたときには、もう夜になりかけていました。そこでマクナイーマはすまなそうに言いました。

「テターピ、チゾーナネイ・ペモ……」

彼が言い終えないうちに、みんながその言葉にどんな意味があるのかとたずねました。マクナイーマは答えます。

「知らないよ。小さいときにうちで覚えた言葉だよ」

みんなカンカンに怒りました。マクナイーマはもったいをつけて言います。

「みんな落ち着いてよ！　テターピ、へーへー！　バクの足跡がある、なんてぼくは言わなかったよ。バクの足跡があった、って言ったんだ。もうなくなったんだよ」

その言葉が火に油を注ぎました。ひとりの商人は本当に腹を立て、彼のそばにいたリポーターはそれを見てまたひどく腹を立てました。

「こんなことは許されないぞ！　おれたちはパン代を稼ぐためにあくせく働いてるのに、こんなやつがやってきて仕事から引きはがして、バクの足跡探しに付きあわせるんだからな！」

「でもさあ、ぼくは足跡を探してなんて頼んでもいないよ！　頼んで回ったのはマアナペ兄さんとジゲー兄さんで、ぼくじゃないもん！　悪いのは兄さんたちだよ！」

すっかりカンカンになっていた人びとはマアナペとジゲーのほうを向きました。みんなが、そしてそれはもうたくさんの人たちが、ケンカを吹っかけようとしていました！　ひとりの学生が自動車の屋根に上ってマアナペとジゲーを糾弾する演説をぶつと、みんなの怒りは頂点に達しつつありました。

「みなさまがた、サンパウロのごとき大都会の中心の生活たるや、激烈なる労働を強いるものでありまして、その輝かしき発展のなかでは、何の役にも立たぬいかなる者のいっときの闖入《ちんにゅう》さえ許されません。われらが社会組織の名声を汚す有害なる瘴気に対して、われわれが一体となってひとつの声《ウナ・ヴォーチェ》を上げようではありませんか。政府が見て見ぬふりを決め込む守銭奴である以上、われわれ自身が正義を行う者となろうではありませんか……」

「ぶちのめせ！　ぶちのめせ！」と人びとは叫びはじめました。

「ぶちのめすなんてとんでもない！」とマクナイーマは兄さんたちのためを思って声を張りあげました。

するとみんなはふたたび彼のほうを向きました。こんどこそ激昂しきっています。学生はひとりで続けていました。

「……そして国民の真摯なる労働が見知らぬ者によって妨害されまするとき……」

「何だって！　誰が見知らぬ者だって！」とマクナイーマはその侮辱に憤慨してどなりました。

「おまえだ！」

「ちがうぞ、そこのそいつ！」

「おまえだったら！」

「おまえなんか乳飲み子のジャクー鳥にラム酒をやりにでも行ってればいいよ！　見知らぬ者ってのはあなたさまのお母さまのことだぞ！」。そしてみんなのほうを向いて言いました。「いったい何を考えてるんだ！　ぼくは怖くなんかないぞ！　ひとりだろうがふたりだろうが一万人だろうが、そんなのみんないますぐにやっつけてやるからね！」

マクナイーマの前にいた娼婦はうしろにいた商人に向かってどなりつけました。

「さわるんじゃないよ、チカン野郎！」

怒りで分別をなくしていたマクナイーマは、自分に言われたのだとかんちがいして言い返しました。

「さわるなとはなんだ！　ぼくは誰もさわっちゃいないぞ、この出しゃばり女！」

「チカンをぶちのめせ！　棒を喰らわせろ！」

「来やがれ、お下劣野郎どもめ！」

そして群衆につっこんでいきました。弁護士は逃げようとしましたが、その背中にマクナイーマが蹴りを入れたので、足やあたまをぶっつけぶっつけしながら人びとのなかに投げ込まれました。突然、目の前に金髪で背の高い男が現れました。その男は巡査でした。マクナイーマはそいつの美男っぷりが憎たらしくて、巡査のつらに平手をバチンと喰らわせました。巡査はうめき声を上げると、何か外国語で言いながら、英雄の首根っこをつかみました。

「逮捕ぉぉぉ！」

マクナイーマは凍りつきました。

「逮捕って、どうしてさ？」

警官はなんだかんだと外国語で答えると、がっしりつかみ直しました。

「ぼくは何もやってないよ！」。英雄は怖くなり、小さく囁きました。

でも巡査は耳も貸さずに、人びとを後ろにして坂を下っていきました。もうひとりの巡査がやってきて、ふたりはそれはもうたくさん！のことを外国語で話して、マクナイーマを押しながら坂を下っていきました。一部始終を見ていた女が果物屋の門のところにいた紳士に事件のことを話すと、同情した紳士は群衆をかきわけて巡査たちを制しました。もうリーベロ通りまで来ていました。そこで紳士は巡査たちに向かって演説をぶち、マクナイーマは何も悪いことはしていないんだから連行するべきではない、と説きました。たくさんの巡査が集結していましたが、その演説は誰にも理解できませんでした。というのも、ブラジル語のわかる者はひとりもいなかったからです。女たちはマクナイーマを憐れんで泣いていました。巡査たちは外国語でなんだかんだ話していましたが、ある声がこう叫びました。

「だめだ！」

すると人びとはまたケンカをおっぱじめたい気分になり、みんながあちこちから叫びました。「釈放しろ！」、「連れていくな！」、「だめだ！」、「だめだ！」、それに乱闘騒ぎもあって、「解放しろ！」。農場主が警察をののしる演説をぶつ気まんまんでいました。巡査たちはそれらの言葉をまったく理解できないまま、困り果てて、身ぶりをつけながら外国語で話していました。おそろしい大混乱が始まりました。そこでマクナイーマはどさくさに紛れてすたこらさっさ、足はこのためにあるってもの！そこにチリンチリンと音を立てながら路面電車がレールの上をやってきました。マクナイーマはそれに飛び乗って巨人がどんな具合か見に行くことにしました。

ヴェンセスラウ・ピエトロ・ピエトラは、マクンバの儀式で受けた殴打の痛みから快方に向かいはじめていました。玉蜀黍粥《ポレンタ》を作る時間だったので家のなかは暑さむんむんでしたが、外は南風のおかげでよい涼気でした。そのため、巨人は年老いた妻のセイウシーとふたりの娘、それから召使いたちといっしょに、椅子を持ってきて通り沿いの門のあたりで涼もうとするところでした。巨人はまだ綿をぐるぐる巻きにしたままで、まるで歩く綿花梱《こり》でした。みんなが座りました。

そのあたりに霧雨を降らせながら歩いていた小雨小僧《クルミ・シュヴィスコ》が、曲がり角から出てくるマクナイーマを見つけました。立ち止まってマクナイーマを見つめます。マクナイーマも振り向きました。

「何見てるんだよ！」

「そんなところで何してるんだい？」

「巨人のピアイマン一家を驚かしてやるんだよ」

　小雨小僧はからかいます。

「何だって！　巨人はきみのことを怖がってるもんなあ！」

　マクナイーマはみにくい小僧をにらみつけて怒りました。ぶってやりたくなりましたが、心のなかで思い出しました。「怒りが収まらないときには服のボタンを三度数えなさい」。数えてみると穏やかな気持ちになりました。それから答えました。

「賭けるか？　ぼくにやらせればピアイマンはぼくのことが怖くて家のなかに逃げる、って請けあうよ。そこに隠れてあいつらが何て言うか聞いてなよ」

　小雨小僧は忠告しました。

「いいか、巨人には気をつけなきゃならないぞ！　あいつが何をしでかすか知ってるだろう？　ピアイマンはいまは弱ってるけど、唐辛子を通したストローには辛味が残ってる、ってことわざもあるしなあ……。きみがほんとに怖くないって言うなら、おれは賭けるよ」

　そしてひとしずくの水に姿を変えると、ヴェンセスラウ・ピエトロ・ピエトラや妻や娘や召使いたちのすぐ近くに滴り落ちました。そこでマクナイーマは、自分のコレクションのなかから最初の汚い言葉を取り出してピアイマンの顔面に投げつけました。汚言はしたたかにぶつかりましたがヴェンセスラウ・ピエトロ・ピエトラは気にも留めず、動かざることゾウのごとし。マクナイーマはもっと汚い言葉を、巨人の妻の森の精《カアポーラ》に投げつけました。したたかにぶつかりましたが、気に留める人なんて誰もいません。そこでマクナイーマは汚言のコレクションをみんな投げつけましたが、それは一万の一万倍もの数に上るものでした。ヴェンセスラウ・ピエトロ・ピエトラは落ち着き払って、セイウシーばあさんに言いました。

「おれたちが知らなかったのもあったな。娘たちのために取っておこう」

そして小雨小僧は曲がり角に戻ってきました。マクナイーマは叫びました。

「さあ、あいつらが怖がったか怖がらなかったか！」

「ちっとも怖がりなんかしないさ！　巨人は娘たちが遊べるように新しい汚言を取っておけとまで言ってたじゃないか。あいつらが怖がってるのはおれだよ。賭けるか？　近くに行って聞いてなよ」

マクナイーマはサウーヴァ蟻のオス、カシパーラに変身すると、巨人が巻きつけていた綿のなかに潜り込みました。小雨小僧は雲に乗って、ピアイマン一家の上を通るときに空中に小水をふりまくと、毛むくじゃらのナマケモノさえ濡らしてしまうような霧雨が降りはじめました。雨滴が落ちはじめると、巨人は手のひらについたしずくを見てあまりにたくさんの水に怖れ《パウーラ》を抱きました。

「みんな、戻るぞ！」

そしてみんな怖れおののきながら家のなかに駆けこみました。そこで小雨小僧は降りてきてマクナイーマに言いました。

「ほらね！」

そしていまでもこんなふうに、巨人の一家は小雨小僧のことは怖がるのですが、汚い言葉はちっとも怖がらないんですよ。

マクナイーマは悔しくてたまらず、競争相手の小雨小僧にたずねました。

「ひとつ教えてよ。コトバ・ポトバ語は知ってる？」

「全然知らないね！」

「じゃあ、いいかい。このウンコ・プンコ・ヤロウ・パロウ！」

そして宿屋まですたこら逃げました。

でも賭けに負けたことがとても悔しくて、魚獲りをしたくなりました。しかし矢もないしチンボーの木の毒もないし、クナンビーの木やチギーの木の毒、いちど入った魚は出られない木筒マセラー、梁《やな》、糸、銛《もり》、ジュキアイ、亀を貫く矢サララーカ、竿の先に木の玉をつけた仕掛けガポンガ、鉛のおもり、カスアーという卵形の魚籠《びく》、イタプアー銛、ジキ、グロゼーラ、たも網、ゲー、トレスマーリョ網、アパラドール、グンガー、カンバンゴ、アリンキという仕掛け糸、バチバッチ、グラディラ、カイカイ、ペンカ、釣り針、コーヴォなどの釣り道具や毒をいっさい持っていなかったのです。マンダグアリの鑞《ろう》で釣り針を作りましたが、ナマズが嚙みついて、釣り針やら何やらを持っていってしまいました。でも近くに本物の釣り針でタライロンを釣っているイギリス人がいました。マクナイーマは家に帰ってマアナペに言いました。

「ぼくたちはどうしたらいいんだろう！　イギリス人の釣り針を奪わなきゃならないよ。ぼくが偽もののタライロンになってだましてやろうかな。あいつがぼくを釣り上げてあたまを叩きそうになったら、バタン！って死んだ振りをするんだ。それでぼくを魚籠《びく》に入れたら、兄さんがいちばん大きな魚をくださいって言って、それがぼくってわけさ」

そのとおりにしました。タライロンに変身すると湖に飛び込み、イギリス人はそれを釣ってあたまを叩きました。マクナイーマは「バタン！」と叫びました。でもイギリス人は魚の喉から釣り針を抜き取ってしまったのです。マアナペは何も知らない振りをしながらイギリス人にお願いします。

「お魚をくださいますか、ミスター・イエス？」

「オール・ライト」。そしてしっぽの赤いヒメハヤをくれました。

「おなかが空いているんです、ミスター・イングリッシュ！　大きいのをくださいよ、カゴのなかのその太ったやつを！」

マクナイーマは左目をつぶっていましたが、マアナペにはそれがマクナイーマだとわかっていました。マアナペはまじない師ですからね。イギリス人にタライロンをもらったマアナペは、お礼を言ってその場を離れました。一レグア半ほど遠ざかると、タライロンはマクナイーマの姿に戻りました。同じことを三回も繰りかえしましたが、イギリス人はいつもマクナイーマの喉から釣り針を抜き取ってしまうのです。マクナイーマは兄さんに囁きました。

「ぼくたちはどうしたらいいんだろう！　イギリス人の釣り針を奪わなきゃならないのに。ぼくが偽もののピラニアになって釣り針を竿からもぎとるよ」

　凶暴なピラニアに変身すると湖に飛び込み、釣り針を嚙みちぎって、一レグア半ほど遠ざかったポッソ・ド・ウンブーという、フェニキア人が赤で落書きを刻み込んだ石がごろごろ転がっている場所でふたたび元の姿に戻り、喉から釣り針を抜き取ると、今度こそボラやオオナマズやアロワナやピラーラやピアーバといった魚を釣ることができるので大満足でした。兄さんふたりがその場を離れようとするとき、イギリス人がウルグアイ人にこう言っていました。

「いったいどうしたらいいんだ！　ピラニアに呑まれちゃったからもう釣り針がないんだ。あなたのお国にでも行こうかな」

　するとマクナイーマは両腕をぶるんぶるん振り回して叫びました。

「ちょっと待ってよ、タプイチンガ蟻さん！」

　イギリス人が振り向くと、マクナイーマはただからかいたくて、彼をロンドン銀行というキカイに変えてしまいました。

　次の日、チエテー川に行って大物を釣ってくる、とマクナイーマが言うと、マアナペが忠告しました。

「行かないほうがいいぞ、巨人の妻のセイウシーばあさんに出くわして、食われちゃうぞ！」

「カショエイラを航海した者は地獄だって怖くない、って言うじゃないか！」。マクナイーマはそう叫ぶと行ってしまいました。

釣り台の上から糸を投げるやいなや、投げ網漁をするセイウシーばあさんがやってきました。森の精《カアポーラ》のセイウシーばあさんは、水面に映るマクナイーマの影を見ると、急いで網を投げて影をつかまえてしまいました。怖くて震えていたマクナイーマは愉快どころではありませんでしたが、セイウシーばあさんのお気に召そうと思って話しかけました。

「おはようございます、おばあさん」

顔を上げた老婆は、釣り台の上にいるマクナイーマを見つけました。

「坊や、こっちへおいで」

「行きませんよ」

「じゃあそっちにスズメバチでもやろうかね」

そしてそのとおりにしました。マクナイーマはパタケイラ草をたくさん引っこ抜いて投げつけ、スズメバチをやっつけました。

「坊や、降りてこないならそっちにノヴァータ蟻でもやろうかね！」

そしてそのとおりにしました。ノヴァータ蟻の群れに噛みつかれると、マクナイーマは水のなかにどぼんと落ちました。セイウシーばあさんは網を投げてマクナイーマをくるみ込むと、家に帰りました。帰り着くと、その包みを赤いランプシェードのある応接間に置いて、ふたりでそのカモちゃんを食べようと、悪賢いいちばん年上の娘を呼びに行きました。カモちゃんというのは英雄のマクナイーマのことです。でも年上の娘は本当に悪賢いために、とても忙しくて来られなかったので、老婆は仕事を進めるために火を起こしに行きました。森の精《カアポーラ》のセイウシーばあさんにはふたりの娘がいて、年下のほうはちっと悪賢くなく、ため息をつくくらいしか能がないので、老婆が火を起こしているのを目にすると、こう考えました。「お母さまはいつも漁からお帰りになったら何が取れたかすぐに教えてくださるのに、今日はちがうわ。見に行ってみましょう」。網を広げてみると、なかからとっても好みの青年が出てきました。英雄は言いました。

「ぼくを隠してよ!」

ずっと何の心配もなく暮らしてきたので善良な心を持っていたその年若い娘は、マクナイーマを自分の部屋に連れていってじゃれあいました。そしていまやおたがいに微笑みあう仲です。

火がじゅうぶんに強くなると、セイウシーばあさんは悪賢いほうの娘といっしょにカモちゃんの羽根をむしりに来ましたが、そこには投げ網しか残っていませんでした。森の精《カアポーラ》のセイウシーばあさんは怒り狂いました。

「あの甘っちょろい下の娘のせいにちがいない……」

娘の部屋のドアをノックして叫びます。

「わたしのかわい子ちゃんや、わたしのカモをよこさないとおまえをうちから追い出して二度と戻らせないよ!」

娘は怖くなって、マクナイーマにドアの下から二万レアルを投げさせて、それで大食いのお母さまが満足してくれるかどうか試してみようとしました。マクナイーマも怖がってはやばやと一〇万レアルを投げると、それはたくさんのヤマウズラやらロブスターやらスヌークやら香水の瓶やらキャヴィアやらに変わりました。大食いの老婆はすべて呑み込んでしまい、もっとよこせと言います。そこでマクナイーマは一〇〇万レアルをドアの下から投げました。それらはさらにロブスターやらウサギやらパカやらシャンパーニュやらレース編みやらキノコやらカエルやらになり、老婆は食べつづけながら、もっとよこせと言います。そこで善良な娘は、誰もいないパカエンブー・スタジアムに面した窓を開けてこう言いました。

「三つのなぞなぞをして、あなたに答えがわかったら逃がしてあげるわ。これなあんだ？　長くて、まあるくて、穴が空いていて、入るときはかたいけど、出るときは柔らかい、そしてみんなをよろこばせるもの。でも下品な言葉じゃないわ」

「ええっ？　それは下品なものだよ！」

「ばかね！　マカロニよ！」

「あぁ……ほんとだ！　それはおもしろいね！」

「じゃあ次のなぞなぞ。これなあんだ？　女のひとの毛がいちばんちぢれている場所はどこでしょう？」

「あぁ、よかった！　それは知ってるさ！　あそこだよ！」

「けだもの！　答えはアフリカよ！」

「お願い、見せてよ！」

「次で最後よ。これなあんだ？
　やりましょう
　神さまもお許しになることを
　毛と毛を合わせて
　裸のあれを　なかに入れましょう」

「あぁ！　それだって誰にでもわかるさ！　でも、ぼくたちしかいないところだと、きみはずいぶん破廉恥なんだねえ！」

「正解よ。まつ毛を合わせて裸の目をなかに入れて眠る、ってあなたは考えたんでしょう？　なぞなぞをひとつも当てられなかったら、大食いのお母さまにあなたを引き渡さなければならなかったのよ。さあ、こっそりとお逃げになって。わたしは追い出されたらお空に飛んで行くわ。曲がり角に馬が何頭かいるはずよ。濃い栗色の馬に乗れば柔らかいところも堅いところも走って行ける。それがいい馬なの。鳥がバウーア！　バウーア！って啼いていたらお母さまが近づいているってこと。さあ、こっそりとお逃げになって。わたしは追い出されたらお空に飛んで行くわ！」

　マクナイーマはお礼を言うと窓から飛び出しました。曲がり角には二頭の馬がいて、ひとつは濃い栗色で、もうひとつは白黒まだらでした。「神さまが白黒まだらの馬をお創りになったのは走らせるため」とマクナイーマはつぶやきました。そしてその馬に飛び乗ると、全速力《ギャロップ》で駆け出しました。進んで進んで進んで、馬がつまずいて土を掘り上げたときには、もうマナウスの近くを走っていました。その穴の底に、マクナイーマは何かキラキラ光るものを見つけました。急いで掘ってみるとそれは戦いの神マルスの残骸でした。王政時代にそのあたりで見つかったギリシア彫刻で、去る四月一日に〈コメルシオ・ド・アマゾナス〉という新聞がその発見を報じたことを作家アラリーピ・ヂ・アレンカールが書き残しているものです。その体つきたくましいトルソを見ていると、「バウーア！　バウーア！」という声が聞こえました。セイウシーばあさんが近づいていたのです。マクナイーマは白黒まだらの馬に拍車をかけると、アルゼンチンのメンドーサの近くでフランス領ギアナから逃亡してきたガレー船にあやうくぶつかりそうになり、それから神父さんたちがハチミツをこねているところにたどりつきました。

「神父さんたち、ぼくをかくまってよ！」

神父さんたちがマクナイーマを空っぽの壺に隠してやるやいなや、バクに乗った森の精《カアポーラ》のセイウシーばあさんがやってきました。

「牧草を食べている馬に乗ったわたしの坊やが通るのを見なかったかい？」

「もう行ってしまったよ」

そこで老婆はバクから下りると、これまで何の役に立ったこともない、これからも立ちそうもないまっ白しろの馬に乗り、先へ進んでゆきました。セイウシーばあさんがパラナコアーラの山のところを曲がると、神父さんたちはマクナイーマを壺から取り出し、足が速い上に美しい鹿毛の馬を与えて旅立たせました。マクナイーマはお礼を言って全速力で去りました。少し先で針金の柵に出くわしましたが、彼は騎士でしたから、手綱をひと引きして馬を止め、力強く操ってその前足を寄せると、ころころっと転がして、針金の下をくぐらせたのでした。そして自分は柵を飛び越え、ふたたび馬に乗ったのです。そして全速力で走りに走りました。セアラーに差しかかると、アラターニャ山にあるインディオの文字を解読しました。リオグランヂ・ド・ノルチでは、はげはげ《カベーロ・ナォン・テン》小山に沿って行きながら別の文字を解読しました。パライーバでは、マングアーピからバカマルチに行く途中で、恋物語がたくさんの文字で刻み込まれたペドラ・ラヴラーダに差しかかりましたが、急いでいたので読みませんでしたし、ピアウイーのバーハ・ド・ポッチの文字も、ペルナンブーコのジャジェウーの文字も、イニャムン・ド・アペルタードスの文字も読みませんでした。というのももう走り続けて四日めでしたし、すぐ近くから「バウーア！　バウーア！」という小鳥の声が聞こえてきていたのです。セイウシーばあさんが近づいていたのです。マクナイーマは、足さんあなたがたは何のために付いているの、と一目散にユーカリの林を駆け抜けました。でも小鳥はまだすぐ近くにいて、マクナイーマはどんどんと老婆に追いつめられていきました。ついに悪魔と仲よしのスルククー蛇の棲《す》み処《か》を見つけました。

「スルククー蛇さん、ぼくをかくまってよ！」

　スルククー蛇が用を足す穴にマクナイーマを隠してやるやいなや、セイウシーばあさんがやってきました。

「草を食べている馬に乗ったわたしの坊やが通るのを見なかったかい？」

「もう行ってしまったよ」

大食い女は、これまで何の役に立ったこともないしこれからも立ちそうもないまっ白しろの馬から下りて、利かない足のある白っ鼻の馬に乗って先に進みました。

それからマクナイーマは、スルククー蛇が自分の妻と、英雄を網焼きにする話をしているのを耳にしました。寝室の穴から飛び出すと、ブリリアントカットのダイアモンドが付いた指輪を地面に投げました。プレゼントでもらって小指にはめていた指輪です。ブリリアントカットのダイアモンドは四〇〇〇万レアル相当の、トウモロコシを積んだ車やら、ポリズーという肥やしやら、中古のフォード車やらに変わりました。スルククー蛇がそれらを満足げに眺めている隙に、マクナイーマは、鹿毛の馬を休ませるために、立ち止まっていることができないくらい荒っぽい、黒まだらの付いた白馬に乗って、大小の野々を駆け抜けました。またたく間にパレシス高原に広がる砂の海を突き抜け、丘の高みや急な坂を通りすぎて乾燥平原《カアチンガ》に入ると、ナタルの近く、カムテンゴの、黄金の斑点のあるニワトリたちがびっくりしました。一レグア半先では、復活祭の季節の洪水で汚れたサン・フランシスコ川べりを離れて、高い丘に開いた洞穴のなかに入りました。先に進んでいると「ちょっと」と呼ぶ女の声が聞こえ、怖くなって死んだように止まりました。ブタの匂いのただなかから、背の高い、見目うるわしからぬ、編み込みを足まで下げた女が現れました。女はひそひそ声で英雄にたずねました。

「もう行ってしまったかい？」

「行ってしまったって、誰がさ！」

「オランダ人たちだよ！」

「ぼけてますねえ、オランダ人だってさ！　オランダ人なんてひとりもいませんよ！」

それはマリア・ペレイラというポルトガル人の女で、オランダ人と戦争をした時代からその丘の洞穴に隠れているのでした。マクナイーマはもう自分がブラジルのどこにいるのかわからなくなってしまい、こうたずねることにしました。

「ひとつ聞きたいんだけど、フクロネズミの子はキツネでしょ、それでこの場所はなんて呼ばれてるの？」

女は誇らしげに答えました。

「ここはマリア・ペレイラのほら穴さ」

マクナイーマはげらげら笑って、女がふたたび穴に入り込むあいだに慌てて逃げ出しました。英雄は走りつづけて、今度はシュイー川のあたりにやってきました。そこで魚を獲っているトゥイウイウー鳩に出くわしたのです。

「いとこのトゥイウイウー鳩さん、家まで連れていってくれないかな？」

「おやすいご用！」

トゥイウイウー鳩はさっそく飛行機というキカイに変身しました。マクナイーマがそのか ごのなかに乗り込むと、ふたりは飛び立ちました。ミナスジェライスのウルクイア《アトゥリアー》にある高原の上空を飛び、イタペセリーカをひとまわりし、北東部《ノルデスチ》に向かいました。モソローの砂丘の上を飛んでいるとき、マクナイーマは下を向いて、砂のなかを裾をまくって必死に歩く、鳥の形をした飛行船を考案しようとしたバルトロメウ・ロウレンソ・ヂ・グスマン神父を見かけました。彼に向かってこう叫びました。

「お偉いさん、ぼくたちといっしょに行こうよ！」

でも神父さんは大きな身ぶりをしながら叫びました。

「余計なお世話！」

マトグロッソのトンバドール山を飛び越えたあと、サンタンナ・ド・リヴラメントの丘々を左手に、トゥイウイウー鳩の飛行機とマクナイーマは、「世界の屋根」まで昇り、ヴィウカノータの湧き水で喉を潤し、最後にバイーアのアマルゴーザや、グルパーや、魔法がかけられた街のあるグルピーの上空を飛んで、ふたたびチエテー川のほとりの名高い集落《ムカンボ》、サンパウロにやってきました。マクナイーマは深く感謝し、お礼を渡そうと思いましたが、節約しなければならないことを思い出しました。そしてトゥイウイウー鳩のほうを向いて言いました。

「ねえ、いとこのトゥイウイウー鳩さん、お礼はあげられないけど、黄金みたいに価値のある言葉を教えてあげるよ。この世界には男を破滅させる三つのバーハがあるんだ。それはね、女たちが洗濯をしながらおしゃべりをしている川の砂州《バーハ》、それに金の延べ棒《バーハ》、それから、落ち《カイア》ろと思っても落ちないスカート《サイア》の裾《バーハ》、この三つさ！」

でもマクナイーマはお金をむだ遣いするのに慣れきっていたので、節約するのを忘れてトゥイウイウー鳩に一〇〇〇万レアルあげてしまい、満足して部屋に上がり、待ちくたびれてイライラしていた兄さんたちにすべてを語りました。この事件は高く付いてしまいました。そこでマアナペはジゲーを電話に変えて警察に訴え、年老いた大食い女を国外追放させました。でもピアイマンは強い影響力を持っていたので、彼女はオペラ・リリカの劇団に紛れこんで帰ってきたのでした。

家を追い出された娘のほうはお空をあちらからこちらへ走っています。いまでは彗星になっているんですよ。

第十二章

行商人、大きな香雨鳥、人間たちの不正

次の日、起きたとき、マクナイーマは熱がありました。夜のあいだずっとうなされ、船の夢を見ました。

「海を旅するってことだね」と宿屋のおかみさんは言いました。

マクナイーマはお礼を言い、浮き浮きして、ヴェンセスラウ・ピエトロ・ピエトラのお母さんをのしろうとさっそくジゲーを電話に変えました。でも電話交換手とかいう幽霊は、応答がありません、と言いました。マクナイーマはおかしいなと思って、どうなっているのか自分で見に行くことにしました。でも体中に熱っぽいかゆみを感じて、水みたいにふにゃふにゃな気分になりました。そしてこうつぶやきました。

「あぁ……めんどくさ……」

顔を部屋の隅のほうに向けて下品なひとりごとを言いはじめました。何ごとかと思って兄さんたちがやってくると、はしかでした。マアナペは、インディオのたましいと壺の水で治癒を行う名高い治癒師のベントをベベリービに迎えに行きました。ベントは水をかけて祈り歌を上げました。一週間で英雄はすっかりよくなりました。するとと起き上がって、巨人がどうなっているのか見に行きました。

お屋敷には誰もいませんでした。近所の給仕女に聞くと、ピアイマンは殴られた傷を癒やすために家族みんなを連れてヨーロッパに療養の旅に行ったとのことでした。マクナイーマはすっかり平静をなくしてへそを曲げました。すっかりむらむらして給仕女とじゃれあったあと、ふさぎこんで宿屋に帰りました。マアナペとジゲーは通りに面した門のところでマクナイーマに出会ってたずねました。

「おまえの大切なわんちゃんを殺したのは誰だい？」

そこでマクナイーマはことの次第を話し、泣きはじめました。兄さんたちはそんなふうにしょげ返っているマクナイーマを見るのがつらくてグアピーラのレプラ治療院を訪問させましたが、まだへそを曲げていたマクナイーマにはおもしろいことなんて何もありませんでした。宿屋に戻ってきたのは宵《よい》の口で、三人ともがっくりしていました。巨嘴鳥《トゥカーノ》のあたまを模した、獣のツノの容れ物からたくさんのタバコを取り出してすぱすぱ吸いました。するとこんなふうに考えることができました。

「そうだよ、おまえがのろのろ、鶏を焼き焼きしてるあいだ、巨人が待っててくれるはずはなかったじゃないか。それでもう行っちゃったんだよ。これぐらい耐えなきゃ！」

するとジゲーがあたまをぽんと叩いて叫びました。

「わかったぞ！」

他のふたりはびっくりしました。そこでジゲーは、みんなでムイラキタンを追ってヨーロッパに行こう、と言いました。お金はというと、カカオを売った分の四〇〇〇万レアルが残っていました。マクナイーマはすぐに賛成しましたが、まじない師であるマアナペはよくよく考えて断言しました。

「もっといいことがあるぞ」

「じゃあ早くぶちまけちゃってよ」

「マクナイーマがピアニストの振りをするんだ。それで政府の奨学金をもらってひとりで行けばいいのさ」

「でもぼくたちはお金なんていくらでも持ってるのに、どうしてそんなめんどくさいことをするのさ！　いっしょに行けば兄さんたちにヨーロッパでも助けてもらえるじゃないか」

「おまえはばかだなぁ！　行けるには行けるけど、マクナイーマが政府の金をもらって行くほうがいいじゃないか？　そうだろう。だったらな！」

マクナイーマは考えこんでいましたが、突然、あたまをぽんと叩きました。

「わかったぞ！」

兄さんたちはびっくりしました。

「どうした！」

「じゃあぼくは画家の振りをするよ、そのほうがかっこいいからね！」

そこでベッコウの眼鏡とかいうキカイやら小型の蓄音機やらゴルフ用の靴下やら手袋やらを買い求めて、すっかり画家みたいになりました。

次の日、奨学生の指名を待つために絵を描いて時間をつぶしました。エッサ・デ・ケイロースの小説をつかんで、カンタレイラ公園に散歩しに行きました。すると近くを行商人が通りかかりましたが、彼は有頂天でした。キツツキの羽根を持っていたからです。マクナイーマはうつぶせに寝転がって塚になっているタピピチンガ蟻の巣をもみもみして遊んでいました。行商人はこんなふうにあいさつしました。

「おはよう、ごきげんいかがですか、どうもありがとう、元気です。お仕事ですね？」

「働かざるもの食うべからず、さ」

「そのとおりです。では、またいずれ」

そしてどこかに行きました。行商人は一レグア半先でフクロネズミに出会って、自分もちょこっと勤労しなければならないことを思い出しました。フクロネズミをつかまえ、二〇〇〇レアル銀貨を十枚呑み込ませると、そいつを小脇に抱えて戻ってきました。マクナイーマの近くに来ると商売を始めました。

「おはよう、ごきげんいかがですか、どうもありがとう、元気です。よろしければフクロネズミをお売りしますよ」

「そんな臭い動物で何をしろって言うのさ！」とマクナイーマは手で鼻の穴をふさいで言いました。

「確かに臭いですがねぇ、これはすばらしいんですよ！　用を足すときに出てくるのは銀貨だけなんです！　お安くしときますよ！」

「嘘っぱちはやめろ、トルコ野郎！　そんなフクロネズミがどこにいるって言うのさ！」

そして行商人がフクロネズミのおなかを絞めると、フクロネズミは十枚の銀貨をひり出しました。

「ほらごらんなさい！　用を足して出てくるのは銀貨だけ！　これを集めれば大金持ちです！　お安くしときますよ！」

「いくらなのさ？」

「四〇〇〇万レアルになります」

「買えないや。三〇〇〇万しかないんだ」

「では、お得意さまになっていただくために三〇〇〇万レアルにおまけさせていただきます！」

マクナイーマはズボンのボタンを外して、シャツの下からお金をしまってあるベルトを取り出しました。でもあったのは四〇〇〇万レアル分の手形と、コパカバーナのカジノのチップが六枚でした。手形を渡しましたが、お釣りをもらうのが恥ずかしくなりました。それでチップもおまけにつけて、行商人の厚意にお礼を言いました。

行商人がサプピーラの木やグアルーバの木やパリナリの木のあいだに消え失せるやいなや、フクロネズミはふたたびもよおしてきました。英雄が銀貨を受け止めようとポケットをふくらませると、汚いものがそこらじゅうに散らばったのでした。そこでマクナイーマはペテンに気づいて宿屋に帰る途中で不運を嘆きました。ある角を曲がったところで出会ったジョゼー・プラキテーに向かってこう叫びました。

「ゼー・プラキテー、足の虫を取ってコーヒーといっしょに食っちまえ！」

ジョゼー・プラキテーは腹を立ててマクナイーマのお母さんをののしりましたが、マクナイーマは気にもかけずげらげら笑って立ち去りました。その先で、怒って家に帰る途中だったことを思い出してふたたび叫びました。

兄さんたちはまだ政府の小屋《マロッカ》から戻っていませんでした。そしておかみさんがマクナイーマを慰めるために部屋にやってきて、ふたりはじゃれあいました。じゃれあったあとで英雄は泣き出しました。兄さんたちが帰ってくると、みんなが驚きました。ふたりの背の高さが五メートルもあったからです。政府はもう、千の千倍もの数の画家をヨーロッパの奨学生寮に送り込んでいて、マクナイーマの番は、決して訪れない聖ヌンカの日まで待たなければならなかったのです。ずいぶんと先のことでした。兄さんたちは思いつきが失敗してがっかりしたせいで背が高くなってしまったのです。弟が泣いているのを見ると、驚いてどうしたことか知りたいと思いました。そしてがっかりしていたことを忘れたので、元の大きさに戻ってしまいました。マアナペはもう初老、ジゲーは男盛りです。英雄は言いました。

「エーンエン！　行商人にだまされたよぉ！　エーンエン！　フクロネズミを四〇〇万レアルで買わされたよぉ！」

すると兄さんたちは髪をかきむしりました。もうヨーロッパに行くことはできません。だって一昼夜を過ごす分くらいのお金しか残ってなかったんですからね。兄さんふたりが嘆き悲しんでいるあいだ、マクナイーマは蚊にわずらわされないようにとアンヂローバの木の油を体に塗り、すやすや眠ることができました。

次の日、夜が明けると恐ろしい暑さで、マクナイーマは全身びしょびしょに汗をかいたので、政府の不正に腹を立てました。気晴らしにちょっと出かけたいと思いましたが、たくさん服を着たら暑さは増すばかり……。怒りはさらに大きくなりました。怒りがあまりにも大きくて、ブテカイアーナ病という怒りの病気にかかりそうな気もしました。そこでこう叫びました。

「あーあ！　暑がって歩けばみんなが笑う！」

涼むためにズボンを脱いで、それを踏みつけました。その祈りの儀式によって怒りが鎮まるだけでなく、いい気分にさえなって、マクナイーマは兄さんたちに言いました。

「兄さんたち、ここはがまんだよ！　ヨーロッパには行かないよ！　ぼくはアメリカ大陸の人間で、ぼくの場所はアメリカ大陸さ。ヨーロッパ文明なんて、ぼくたちの完全無欠な品位をだめにしちゃうにちがいないさ！」

一週間のあいだ、三人はブラジル中を旅しました。海沿いの砂州を、木がまばらに生えた川岸を、川沿いの崖を、森のなかの空き地を、早瀬を、カハスコとかカハスカォンとかシャヴァスカウとか呼ばれる灌木林を、湿原のなかの浅瀬を、峡谷を、河口を、霜の巣である山奥を、川の水があふれ出した土地を、浜辺を、石だらけの土地を、じょうごのような形のところを、谷を、平らな粘土地を、またその他に、修道院の廃墟や、十字軍の宿営地を歩き回って、お金の入った鍋でも埋まっていないか探したのでした。何もありはしません。

「兄さんたち、ここはがまんだよ！」。マクナイーマはふさぎこんでそう繰りかえしました。「気晴らしに動物くじでもやろうよ！」

そしてマクナイーマは、アントニオ・プラード広場へ行って、プラタナスの木にじょうずに寄りかかって、人間たちの不正について思索しました。ありとあらゆる商売人、それに、それはそれはたくさんの自動車とかいうキカイが、人間たちの不正についてぐるぐる考えを巡らせているマクナイーマのすぐそばを通って行きました。「健康《サウーヂ》はわずか、画家はたくさん、それがブラジルの害悪だ」に自分が思いついた名文句を変えようとしているとき、背後で「エエエーン！」と泣く声が聞こえました。振り返ってみると、地面にスズメと香雨鳥《シュピン》がいました。

スズメはとても小さく、シュピンは巨大でした。小さなスズメがあっちからこっちへ歩くと大きなシュピンがついていって、食べものをちょうだい、とピイピイ鳴きます。心を惑わされ、小さなスズメは、本当はちがうのですが、大きなシュピンのことを自分のひな鳥だと思いこみました。そこで飛び回ってそこらへんでエサを見つけると、大きなシュピンのくちばしに入れてやるのでした。大きなシュピンはそれを呑みこんでしまうとまた同じ手を使います。「エエエーン！　ママぁ……エサ《テロ・》ちょうだい《デクメー》！　エサちょうだい《テロ・デクメー》！」。それがシュピンの言いぐさです。小さなスズメもおなかがペコペコでふらふらでしたが、赤ん坊が「テロ・デクメー！……テロ・デクメー！」と言いながらうしろを追ってくるので、かわいそうで放っておくことはできませんでした。自分のことはあきらめて、小さな虫とか穀物の粒とかのエサを探してきては大きなシュピンの口に入れてやり、大きなシュピンはそれを呑みこむとまた小さなスズメのあとを追いかけます。マクナイーマは人間たちの不正について思索していたので、大きなシュピンの不正をたいへん苦々しく思いました。というのも、マクナイーマは小鳥たちが最初はわたしたちみたいな人間だったということを知っていたからです……。そこで英雄は棒切れをつかんで、小さなスズメを叩き殺してやりました。

　そして立ち去りました。一レグア半ほど歩くと暑くなって、さっぱりするためにサトウキビ酒ピンガを飲むことにしました。ジャケットのポケットのひとつに、ケツ穴《プイート》に通した銀の鎖でつないでいつもピンガのビンを忍ばせていたのです。栓を開けて、気怠《けだる》そうに啜《すす》りました。そのとき突然、うしろから「エエエーン！」と鳴く声が聞こえたのです。びっくりして振り返りました。大きなシュピンでした。

「エエエーン！　パパぁ……エサ《テロ・デクメー》ちょうだい！　エサ《テロ・デクメー》ちょうだい！」。それがシュピンの言いぐさです。

　マクナイーマはうんざりしてしまいました。そしてあのフクロネズミの入っているポケットを開けて言いました。

「じゃあ、これを食べなよ！」

大きなシュピンはポケットのへりに飛びついて何も知らずにぜんぶ食べてしまいました。それでブクブクブクブク太ってしまい、とっても大きな黒い鳥になって「ガマン！　ガマン！」と叫んで森のほうへ飛んで行きました。そんなふうにして香雨鳥《シュピン》の父神さまになったのです。

マクナイーマはまた進んで行きました。一レグア半先でモーノというサルがバグアスーの木の実を食べていました。つかんだ木の実を足のあいだにある穴のところに石といっしょに置いて、ぎゅうっ！と締めつけると、その殻が割れるのでした。マクナイーマはそこにやってくると自分も食べたくなって口のなかをよだれでいっぱいにして、言いました。

「おはよう、おじさん。お元気ですか？」

「まあまあだな、甥っ子よ」

「お宅のみなさんは？」

「変わりねえよ」

そしてもぐもぐやりつづけました。マクナイーマはこっそり見ています。相手は怒って言いました。

「八百屋じゃねえんだから斜めから見るんじゃねえ！　酔っぱらいじゃねえんだから横から見るんじゃねえ！」

「でもおじさん、そこで何してるの？」

サルは握りしめた木の実を掲げて見せて答えました。

「タマタマを割って食べてるんだ」

「嘘をつくなら渚《なぎさ》に行けば！」

「おいおい、甥っ子よ、信じないならおまえ、なんで聞くんだ！」

マクナイーマは信じたい気持ちになってまたたずねました。

「それはおいしいんだね？」

サルは舌打ちして答えました。

「チェッ！　じゃあ食ってみろよ！」

股のあいだでこっそりもうひとつ木の実の殻を割ると、それがタマタマだと見せかけてマクナイーマにあげました。マクナイーマはその味がとっても気に入りました。

「ほんとにおいしいねぇ、おじさん！　もっとある？」

「もうないぞ。でも、おれのがうまかったんなら、おまえのもうまいさ！　食ってみろよ！」

マクナイーマは怖くなりました。

「痛くない？」

「何言ってんだ、気持ちいいくらいさ！……」

マクナイーマは道路舗装に使われている四角い石を手に取りました。サルは心のなかで笑いながら言いました。

「ほんとにその勇気があるのか、甥っ子よ？」

「色男、木芋《マカシェイラ》、牛のはらわた煮込み！」と英雄は自信たっぷりに叫びました。四角い石をしっかりとつかんでタマタマにぶちっ！　マクナイーマは死んで倒れました。サルはこんなふうにあざけりました。

「だから死ぬかもしれないって言ったじゃないか！　そうだろ！　おれの言うこと聞かないんだもんな！　言うこと聞かない奴らがどうなるかわかっただろ？　まあ、諸行無常《シック・トランシット》さ」

そしてバラータゴムの手袋をはめて行ってしまいました。ほどなく降りはじめた豪雨でマクナイーマのまだ血の気のある体は水気を吸ったので、腐らずにすみました。それからすぐに、グアジュグアジュー蟻とムルペテーカ蟻の大群が列を成して死体のところにやってきました。何とか《フラーノ》さんという弁護士がアリの行列をたどってやってきて、死体に出くわしました。かがみこんで遺体の財布を抜き取りましたが、名刺しか入っていません。そこで死人を宿屋に連れ帰ることにしました。マクナイーマを背中にかついで歩いていきます。でも死人があまりにも重かったので、この重さじゃ無理だな、と弁護士は思いました。そこで遺体に飾りつけをしてやり、小枝でコチョコチョやってやりました。すると死人はすっかり軽くなり、何とか《フラーノ》弁護士は宿屋まで連れていくことができたのです。

マアナペは、弟の遺体に身を投げ出して泣きました。それからタマタマが潰れていることに気づきました。マアナペはまじない師でした。すぐに宿屋のおかみさんにバイーア産のココナッツ二つの借り入れをお願いして、それをタマタマが潰れたところにほどけないように結わえつけて、死んだマクナイーマにパイプの煙を吹きかけました。マクナイーマは起き上がっていきましたが、まだ弱々しくてまっ青でした。グアラナーの実をあげるとまもなく、まだ噛みついていたアリどもを自分で殺すまでになりました。豪雨で寒さが突然やってきたため、ぶるぶる震えました。マクナイーマはポケットからボトルを取り出すと、体を温めるためにピンガの残りを飲み干しました。それからマアナペに一〇〇レアルほどねだって、賭け屋に動物くじをやりに行きました。午後に兄さんたちが行って見てみると、この掛け金でうまく行っていました。そうして年長の兄さんのカンに頼って三人は生活のためのお金を稼ぎました。マアナペはまじない師でしたからね。

第十三章 ジゲーの妻、シラミだらけの女

次の日、マクナイーマが目覚めると、傷のせいで体じゅうにブツブツと発疹《ほっしん》ができていました。三人で診てもらいに行くと、治るまで時間がかかる丹毒という病気だとわかりました。兄さんたちはよくマクナイーマの世話をしてやり、毎日、近所の人やら知りあいやらありとあらゆるブラジル人が勧めるありとあらゆる薬を持ち帰ってきました。マクナイーマは一週間、床に就いていました。夜になるといつも船の夢を見たので、朝、マクナイーマの具合はどうかを見にきた宿屋のおかみさんはいつも、船の夢はまちがいなく海の旅を表わしていると言っていました。そして病人のベッドに〈エスタード・ヂ・サンパウロ〉を置いて出ていくのでした。〈エスタード・ヂ・サンパウロ〉というのは新聞です。そしてマクナイーマは日がな丹毒に効く薬の広告を読んで過ごすのでした。その広告がもうたくさんあったこと！

週末にはマクナイーマはすっかりよくなって、何か厄介ごとでも起こらないかなぁと思いながら街へくり出しました。あれこれ思案しながら歩き回りましたが、まだ体力がないので疲れきってしまい、アニャンガバウー公園で立ち止まりました。たいへん偉大な音楽家で、いまはお空のお星さまになってしまったカルロス・ゴメスに捧げられた記念碑の真下に着きました。夕方頃、英雄が噴水の囁《ささや》くような音を聞いていると、海の水の幻が見えてきました。マクナイーマは噴水のへりに腰かけ、涙のように水をたれ流しているブロンズの海の荒馬たちを見つめました。馬たちのうしろのほうにある穴の暗闇のなかに光が見えました。もっと目を凝らしてみると、水の上を漂って進んでくるとても美しい船の姿を認めることができました。「帆掛けカヌー《ヴィジレンガ》だ」とつぶやきました。でもその帆船は近づいてきてどんどん大きくなります。「蒸気船《ガイオーラ》か」とつぶやきました。でもその蒸気船は近づいてきてとっても大きくなります！　英雄はびっくりして飛び跳ね、「千トン船《ヴァチカーノ》だ！」という叫び声を宵《よい》の口の公園に響き渡らせました。船はもうブロンズの馬たちのうしろの穴にはっきりと見えていました。その速さといったら船体が銀でできているように見えるほどで、マストはうしろに傾き、そこにたくさん並んだ旗は、船が進んで起きた風で空気の薄い膜に印刷されるかのように見えていました。広場にいた運転手たちはマクナイーマの叫び声を聞き留めると、彼がじっとしたまま保っているしぐさに興味をそそられて、噴水の暗いところへ向けられた彼のまなざしの先を見やりました。

「どうしたんだい、英雄さん？」

「見てよ！……ものすごくおっきな千トン船《ヴァチカーノ》が広い海をこっちにやってくるよ！」

「どこさ！」

「右側の馬のうしろから！」

そしてみんなは、右側の馬のうしろからやってくる船を見たのでした。もうすぐそばまで来ていて、馬と石壁のあいだに通りかかりそうでした、もう穴の口のところまで来ていたのです。それはそれはでっかい船でした。

「ヴァチカーノじゃない！　あれは海を旅する大西洋横断船《トランザトランチコ》さ！」。何度も海の旅をしたことがある日本人の運転手がそう叫びました。巨大な大西洋横断船でした。明かりが灯され、たくさんの旗で飾りつけられた金と銀の船体がキラキラ輝いていました。並んだ船室の窓は、船体に掛けられたネックレスのようで、五層あるデッキには音楽が流れ、たくさんの乗客がクルルーという音楽のリズムに合わせて踊っていました。運転手たちは口々に言います。

「ロイドの船だ！」

「いや、ハンブルク便だ！」

「ちがうちがう！　わかったぞ！　豪華客船のヴェルデ侯爵号だ！」

それはたしかに豪華客船のヴェルデ侯爵号でした。水の精《マンイ・ダグア》がうまいこと手配して豪華客船で英雄を助けにきたのでした。

「みんな！　さようなら、みんな！　ぼくはヨーロッパに行くよ！　そのほうがいいからね。人食い巨人のヴェンセスラウ・ピエトロ・ピエトラを探しに行くよ！」。英雄は高らかに言いました。

すると運転手たちみんながマクナイーマを抱きしめ、別れのあいさつをしました。蒸気船はすぐ近くにまで着いていて、マクナイーマはもう、ヴェルデ侯爵号の乗船階段を登るために噴水のへりのドックに飛び乗っていました。乗員はみんな楽隊の前に立ってマクナイーマを手招きしていました。そこにいたのは、屈強な水夫たち、とっても品のよいアルゼンチン人、それに、波に揺られて船酔いになってしまうまでじゃれあうことができそうな、それはそれは美しいご婦人がたでした。

「船長さん、階段を降ろしてくださぁい！」と英雄は叫びます。

そのとき船長は徽章を外し、その手で空中にひと文字書きました。そして水夫たち、とっても品のよいアルゼンチン人たち、マクナイーマがじゃれあおうと思っていた美しいご婦人がた、これらの乗員みんなが、マクナイーマに大きな罵声を浴びせかけ、船は面舵いっぱい、陸地にしっぽを向けて、出てきた穴の奥へと矢のように飛んでいきました。乗員はみんな丹毒にかかってしまい、英雄をののしりつづけました。豪華客船は、壁と左側の馬のあいだの狭くなったところを通るとき、煙突からモクモクと虫の大群を吐き出しました。アシナガ蚊、火薬《ポウヴォラ》と呼ばれるブクブク太った蚊、アブ、スズメバチ、カーバと呼ばれる群れを成す種類のスズメバチ、ハネカクシ、ウマバエといった虫たちが飛んできて、運転手たちは散り散りに逃げました。

英雄は噴水のへりに座り込んですっかりしょげて悲しみに沈んでいると、丹毒のほうもどんどんひどくなっていきました。寒気がして、それから熱っぽくなりました。そこで虫をひと払いすると、宿屋に向かって歩き出しました。

次の日、ジゲーはひとりの女の子《クニャタン》を連れて家に帰ってくると、子どもができないようにと鉛の粒を三つ呑ませ、ふたりはハンモックで寝ました。ジゲーは昔は肝が据わっていたのに、いまでは女みたいに小心になっていたのです。日がなライフルの掃除をしたりランプを磨いたりして過ごしました。ジゲーの妻は毎朝、四人で食べるために木芋《マカシェイラ》を買ってきました。そして名前はスージーでした。でもマクナイーマはジゲーの妻の恋人になって、毎日ロブスターを彼女のために買ってきて背負いカゴの底のほうにしまっておき、あやしまれないように上のほうにマカシェイラを散らしておくのでした。スージーは巧みなまじない師でした。家に着くと背負いカゴを小部屋において、夢を見るために寝ました。夢を見ながら彼女はジゲーに言いました。

「あなた、マカシェイラの下にロブスターがある夢が見えるわ」

ジゲーが見に行くとそのとおりありました。毎日そんなふうで、ジゲーは浮気をあやしみながら朝を迎え、疑念に駆られました。マクナイーマは兄さんが疑っていることに気づいて、うまくやりすごすためにまじないをしました。ひょうたんをつかむと、夜のあいだそれを屋上に置いておいてぼそぼそとお祈りするのです。

お空のお水
このひょうたんにいらっしゃい
パチークル　この水にいらっしゃい

モポゼール　この水にいらっしゃい
シヴオイーモ　この水にいらっしゃい
ウマイスポーポ　この水にいらっしゃい
水の守り神さまがた　寝取られ男のやきもちなんて追い払ってください
アラクー　メクメルクリー　パイー　この水にいらっしゃい
病に冒された者がこの水を飲んだら　やきもちなんて追い払ってください
そのなかで　水の守り神さまがたに魔法がかかっている水を！

次の日、その水をジゲーに飲ませましたが何の効果もなく、兄さんはあいかわらずあやしんだままです。

市場に行こうと着替えをしているとき、スージーは流行りのフォックス・トロットを口笛で吹いて恋人にいっしょに行こうと合図をします。すると恋人のマクナイーマも出ていくのでした。ジゲーの妻が出かけたあとからマクナイーマが出ていくのです。ふたりはそこらへんでじゃれあっていましたが、帰る頃にはもう市場にマカシェイラは残っていませんでした。そこでスージーは何気なく家の裏に行って、あそこからごろごろマカシェイラを取り出しました。みんなたくさん食べましたが、マアナペだけは何やらつぶやいていました。

「タウバテーの幽霊《カボクロ》、栗毛白鼻《パンガレー》の馬、立って小便する女……神《ドミネー》さま、わたしたちをそいつらから救ってください！」。そして芋を押しのけるのでした。

マアナペはまじない師でした。マカシェイラなんてくそくらえと思っていましたが、おなかが空いていたのでコカノキの葉っぱを噛んでごまかしました。夜、ジゲーがハンモックに飛び乗ると、妻のスージーはうめきはじめ、ピトンバの実をたらふく食べたからもうおなかいっぱい、と言うのでした。でもそれはジゲーとじゃれあいたくないためについた嘘です。ジゲーは腹を立てました。

次の日、彼女は市場に行くときにまた流行りのフォックス・トロットを口笛で吹きました。マクナイーマはそのあとについて出ました。ジゲーは恐いもの知らずでした。巨大な棍棒をつかむとこっそりとふたりのあとを附けました。探しに探して、ルース公園でスージーとマクナイーマが手をつないでいるところを見つけました。もうおたがいに微笑みあっているところでした。ジゲーはふたりに棍棒を喰らわせると、疲れ果てていた弟を湖のほとりの白鳥たちのただなかに残して、妻を宿屋に引っぱってゆきました。

次の日からは妻を部屋に閉じ込めて、ジゲーが買い物に出ました。スージーは手持ちぶさたで、道徳に反するいけないことをして過ごしていましたが、あるときこちらの世界に現れたアンシエッタ神父の幽霊が彼女の家を通りかかり、かわいそうに思ってシラミ取りのやり方を教えました。スージーは、ギャルソン風ショートカットにした赤毛のカツラのなかに、それはそれはたくさんのシラミを溜め込んでいたのです！　そしてもうマカシェイラの下にロブスターがある夢も見ませんでしたし、いけないこともしなくなりました。ジゲーが出かけるとき、彼女はそのカツラを取って夫の棍棒にかぶせてシラミ取りをしました。でも、それはそれはたくさんのシラミがいたのです！　それで夫にシラミ取りをしているところを見つかってしまわないようにこんなふうに言いました。

「ねぇ、あなた、市場から帰ってきたらまずドアをノックしてね。毎日、時間をかけてノックしてくれたらわたしはうれしくなってマカシェイラを料理できるから」

ジゲーはそうすると答えました。毎日、市場にマカシェイラを買いに行って帰ってくると時間をかけてドアをノックしました。すると女はカツラを元に戻してジゲーを待ちました。

「スージー、ぼくの妻のスージー、もうたくさんドアをノックしたけど、きみはうれしくなったかい？」

「とっても！」と彼女は答え、マカシェイラを料理しはじめました。

毎日がこんなふうでした。でもシラミの多いことと言ったらもう！　だって彼女は取ったシラミを一匹ずつ数えていたのでそのあいだにシラミは殖えていったのです。あるときジゲーは自分が市場に行っているあいだに妻は何をやっているんだろうかと考え出し、彼女を驚かしてやりたくなりました。両足を空中に向け、手の指先で歩いてきてドアを開け、スージーをびっくりさせました。彼女はきゃあっと叫んで慌てふためいてカツラをかぶりました。そのせいで前髪が首すじのほうに、後ろ髪が額のほうに行ってしまいました。ジゲーは、スージーを「メスブタ」とののしって彼女をぶちましたが、誰かが階段を上ってきたところで止めました。下から来たシコでした。そこでジゲーはぶつのを止めて、細身のナイフを研ぎにいきました。

次の日、マクナイーマはまたジゲーの妻とじゃれあいたくなってしまいました。兄さんたちに遠くに狩りに行くと言いましたが、行きはしません。サンタカタリーナ産のブチアー椰子酒《やし》のボトルを二本、サンドウィッチを一ダース、それにペルナンブーコ産のパイナップルを二つ持って、寝室にしけこみました。しばらく経って出てくるとジゲーに包みを見せながら言いました。

「ジゲー兄さん、たくさんの道を歩いていった果てにある果物の木のところに足跡があってね、狩りができそうだったから見に行ってごらんよ！」

兄さんは疑りながら見返しますが、マクナイーマはうまくだましました。

「ほら、パカとか、アルマジロとか、アグーチとかね……。ううん、アグーチは見なかったな。パカとアルマジロ。アグーチはいなかったよ」

ジゲーはジャガーさえ当て込んで、すぐにライフルをつかんで言いました。

「じゃあおれは行くけど、そのまえにおれの女房に手を出さないって誓うんだ」

マクナイーマはお母さんの思い出に懸けてスージーになんか目もくれないと誓いました。それでジゲーはふたたびライフルと鋭いナイフをつかんで出発しました。マクナイーマは、ジゲーが通りの角を曲がるやいなやスージーといっしょに包みを開け、「ミツバチの巣」という名前の有名な生地ででてきたタオルを敷きました。そのタオルが入った段ボール箱はセアラー・ミリン市のムリウーで、ジェラシーナ・ダ・ポンタ・ド・マンギという不届き者に盗まれたものでした。準備がすべて整うとふたりはハンモックに飛び込んでじゃれあいました。そしていまはもう微笑みあっているところです。たくさん微笑んだあとマクナイーマは言いました。

「ボトルを開けて飲もうよ」

「そうね」と彼女は言いました。ブチアー椰子酒の最初のボトルを空けましたが、それはすばらしく美味でした。ふたりは舌鼓を打ち、ふたたびハンモックに飛び乗ると思う存分じゃれあいました。そしておたがいに微笑みあうのでした。

ジゲーは一レグア半、道が果てるところまで歩いてゆき、例の果物の木を何度も何度も時間をかけて探しましたが、ワニさん見つけたでしょうか？　いいえ！　果物の木なんて一本もなく、ジゲーはあちこちの道の果てを探しながら戻ってきました。家に着くと寝室に上がってゆき、弟のマクナイーマが妻のスージーと微笑みあっているところに出くわしたのです。ジゲーはカンカンに怒って妻をゴツンとやりました。スージーは泣き出します。ジゲーはマクナイーマをつかまえると棒切れで思い切り殴りつけました。マヌエルがやってくるまでずっと殴り続けたのです。マヌエルというのはイリェウス出身の宿屋の使用人です。マクナイーマはもうふらふらでした。そしてジゲーもおなかが空いていたのでサンドイッチとパイナップルを食べ、ブチアー椰子酒を飲みました。

殴られたふたりは泣きながら夜を明かしました。次の日、何もかも嫌になったジゲーは吹き矢を持って例の果物の木を探しに出かけました。ジゲーはとんだおろか者でした。スージーは彼が出ていくのを見るやいなや涙をひっこめて恋人にこう言いました。

「泣くのは止めましょ」

そこでマクナイーマは顔を元に戻して、マアナペに言いに行く準備を整えました。ジゲーは宿屋に帰ってくるとスージーにたずねました。

「マクナイーマはどこをほっつき歩いてるんだ？」

でも彼女はまだカンカンに怒っていたので口笛を吹きはじめました。そこでジゲーは棒切れをつかんで妻をぶち、とても悲しげに言いました。

「消え失せろ、この穀つぶし！」

すると彼女はうれしそうに微笑みます。残っていたシラミを全部、もう数えもせずに取りましたがそれはもうたくさんのシラミで、それらをロッキングチェアに紐でつなぎ留めて座ると、シラミたちが飛びはじめ、スージーはお星さまに乗ってお空に昇り、いまはそこでわたしたちを見守っているのですよ。

マクナイーマは、遠くにマアナペが見えるやいなや泣きまねを始めます。兄さんの腕のなかに飛び込むと、とても悲しい話をでっちあげて、ジゲーにこんなに殴られるすじあいのないことを証し立てようとするのでした。マアナペはカンカンに怒ってジゲーに話をつけに行きました。でもジゲーもマアナペに話をしにやってくるところで、ふたりは廊下で出会いました。マアナペはジゲーに語り、ジゲーはマアナペに語ります。するとふたりはマクナイーマが恥知らずのろくでなしだということにあらためて気づきました。マアナペの部屋に戻るとマクナイーマが泣いていました。そこで弟を慰めに出かけようと、ふたりはマクナイーマを自動車とかいうキカイに乗せました。

第十四章

お守りのムイラキタン

　次の日の朝、マクナイーマが窓を開けようとすると緑色の小鳥が見えました。それだけでも浮き浮きとうれしくなりましたが、マアナペが部屋に入ってきて、新聞とかいうキカイにヴェンセスラウ・ピエトロ・ピエトラがブラジルに帰ってくると書かれている、と話すともっとうれしくなりました。そこでマクナイーマは、もう巨人のことをよくよく考えてばかりいるのは止めて本当にやっつけてやるんだと決意しました。街を出て、何とか《フラーノ》森に腕だめしに行きました。一レグア半ほど歩いてとうとう、大きさが路面電車くらいはある根を持ったペローバの木を見つけて、「これならいいぞ」と言いました。腕を板根のあいだにつっこんで力を込めて引っぱると、木は大地を離れて跡さえ残りませんでした。「ぼくは強くなったぞ！」とマクナイーマは叫びました。またうれしくなって街に戻りました。でも、体じゅうがノミだらけだったので歩くことさえできなくなっていました。マクナイーマはやけに気取ってノミたちにこう言いました。

「おや、ノミたちかい！　どこかに行っておくれ。きみたちに借りなんてないんだからねぇ」

するとノミたちは魔法にかかったように地面に降りてどこかに消えました。ノミは昔はわたしたちのような人間だったのです……。あるとき幹線道沿いに露店を開いて、たくさん商売をしていました。掛け売りをいとわなかったのです。たくさんたくさん掛け売りをしましたが、たくさんのブラジル人が支払いをしなかったのでノミの商売は立ち行かなくなり、露店から退散する羽目になりました。ノミが人間にしがみつくのは、このときの代金を取り立てるためなんですよ。

街に着くとすでに夜の帳《とばり》は降りていたので、マクナイーマは巨人の家に待ち伏せに行きました。世界は靄《もや》に覆われていて、家には誰もおらず暗闇に包まれていました。マクナイーマは召使いの女の子とじゃれあおうと思いつきましたが、街角にはタクシーとかいうキカイの乗り場があって、女の子たちはもうそこらへんでじゃれあっていました。クリオー鳥をつかまえるワナを仕掛けようと思いつきましたが、エサがありません。することがなく、眠くなりました。でもヴェンセスラウ・ピエトロ・ピエトラを待ち伏せしていたので眠りたくはありませんでした。そしてこんなふうに考えました。

「ぼくはこれから見張りに就いて、眠りの神さまがやってきたら絞めてやるぞ」。それから間もなく近づく人影が見えました。眠りの父神さま、エモロン・ポードリでした。マクナイーマは、眠りの父神さまを驚かさずに殺すことができるようクピン蟻の巣のなかでじっとしています。エモロン・ポードリはどんどんどんどん近づいてきて、間近にまで迫ってくると、マクナイーマは眠りこんでこっくり

こっくりして、あごを胸に打ちつけて舌を噛んでしまい、こう叫びました。

「びっくりしたぁ！」

眠りの神さまは逃げてしまいました。マクナイーマはがっかりしてあとを附けていきました。「ほらね！　つかまえられなかったけど、惜しかったなぁ……。もう一回待ち伏せして、眠りの父神さまをつかまえて殺せなかったら、おサルさんどうぞわたしをお舐めなさい、ってなもんさ！」。そんなふうにマクナイーマは考えました。近くに水路があって、倒れた木がちょうど丸木橋みたいになっていました。さらに遠くでは湖が月光を浴びて白く染まっていました。靄はもう消えていたのです。小さなワシが貧しい人びとの子守唄を歌っていて、その眺めは静かでとても優しげでした。眠りの父神さまはそこらへんに隠れているはずです。マクナイーマは腕を組み、左目だけ眠って、クピン蟻の巣のなかでじっとしていました。間もなくエモロン・ポードリがやってくるのが見えました。眠りの父神さまはどんどんどんどん近づいてきて、ふいに立ち止まりました。マクナイーマには彼がこう言うのが聞こえました。

「あいつはまだ死んじゃいない。ゲップをしない死体なんていったいどこにあるってんだ！」

そこでマクナイーマはひっく！とゲップをしました。

「ゲップをする死体なんてどこにあるってんだ！」。眠りの父神さまはあざけり笑い、すぐに逃げてしまいました。

このために眠りの父神さまはいまでもいるのです。そして人間が立ったまま眠ることができないのはこのときの罰なんですよ。

　またもうまくいかずがっかりしそうになったとき、マクナイーマは何かの音を聞きつけて水路の向こう側を見てみると、タクシー運転手が呼び寄せるしぐさをしていました。びっくりしたマクナイーマはぷりぷり怒ってどなりました。

「それはぼくがやることだ！　ぼくはおフランス娘じゃないぞ！」

「じゃま者は消え失せろよ！」と青年は言います。

　そのときマクナイーマは、タタジューバの木の染料でまだらをつけた黄色いリネンのドレスを着た召使いの娘に気づきました。水路に架かった丸太の橋を渡ってくるところでした。彼女が渡り終えるとマクナイーマは丸太にこうたずねました。

「何か見えた、丸太さん？」

「彼女の大切なもの《グラッサ》が見えたよ！」

「クァクァクァクァクァ！」

　マクナイーマは大笑いしました。そしてふたりのあとを附けていきます。彼らはもうじゃれあったあとで、湖のほとりで休憩しているところでした。娘は岸に乗り上げたカヌーのへりに座っていました。水浴びをしたままのすっ裸で、青年に微笑みかけながらタンビウーという小魚を踊り食いしていました。彼は娘の足もとの水のなかにうつぶせに寝そべって、彼女のために湖から魚を獲っていました。波の子どもたちは彼の肩に乗りにきましたが、濡れた裸の体を滑ってしまい、しずくが立てる笑い声とともにまた湖に落ちてゆくのでした。娘は足で水をばちゃばちゃと打っていましたが、その様はさながら月から盗んできた噴水のようで、水をじょうずに飛ばして青年の目を眩《くら》ますのでした。すると彼は顔を湖につっこみ、口を水でいっぱいにして戻ってきます。娘は足先でその頬を挟みこんで、水しぶきをおなかにもろに受けるのでした。そよ風は娘の髪をぱらぱらとほどき、しなやかな毛を一本一本なびかせて彼女の顔に吹き当てました。青年はそれに気づきました。恋人の膝にあごを置いて上半身を水面から出し、腕を高く上げて、彼女がゆっくりタンビウーを食べることができるように顔から髪の毛を払ってやるのでした。すると彼女はお返しに魚を三匹、彼の口につっこんでやり、大笑いしながら膝をさっと外してしまいました。青年の上半身は支えを失ってしまい、水底まで顔面からつっこんでしまいましたが、娘はまだ彼の首を足で押さえつけています。自分の美しさに気づくこともなく、彼女は滑っていきました。どんどん滑っていってとうとうカヌーはひっくり返ってしまいました。まあ、ひっくり返らせてやりましょう！　娘はぶざまに彼の上に落っこちて、彼は彼女を包みこみましたが、それはさながらやさしいイチジクの木といった様子でした。ふたりがまたじゃれあっているあいだにタンビウーはみんな逃げていきました。

マクナイーマはそこにやってきて、ひっくり返った小舟の上に座って待ちました。彼らがじゃれあい終えたのを見て取ると、運転手の青年に言いました。

何にも食べずに三日間

つばも出さずに一週間
アダムは泥でできたとさ
ぼくにはタバコをちょうだいよ

運転手はこう答えました。

ごめんよ兄弟
タバコはやれない
藁筒《わらづつ》　マッチ　タバコの葉
みんなお水に落っこちた

「気にしないで、ぼくが持ってるからさ」とマクナイーマは答えました。パラー州のアントニオ・ド・ホザーリオが作った亀の甲羅でできたタバコ入れを取り出すと、タウアリの藁のタバコをふたりに差し出し、マッチを一本擦ってふたりのタバコに火を点け、もう一本擦って自分のタバコに火を点けました。そして蚊を追い払うと、ある事件について語りはじめました。みんなは暗闇の時を刻んでゆくようなスルリーナ鳥の歌のような話にうんざりすることもなく、夜はあっというまに過ぎてゆきました。それはこんな話でした。

「昔むかしはねぇ、自動車はいまみたいなキカイじゃなくて、ピューマだったんだよ。パラウアーって名前で、大きな何《フラーノ》とか森に停まってたんだ。で、パラウアーは自分のふたつのお目めさんにこう言ったのさ。

「海の砂浜に行きなさい、わたしの緑のお目めさん、急いで急いで急いで！」

お目めは行ってしまい、ピューマさんは盲《めし》いてしまった。でも鼻先を上げると、風の匂いを嗅ぎつけてタライロンの父神さま、アイマラー・ポードリが沖のほうで泳いでいるのに気づいてこう叫んだんだ。

「海の砂浜からこっちに来なさい、わたしの緑のお目めさん、急いで急いで急いで！」

お目めはやってきて、パラウアーはふたたび見えるようになった。そこをとっても恐ろしい黒い虎が通りかかってパラウアーに言った。

「いったい何をしてるの、ピューマさん？」

「海を見るようにお目めさんに言いつけてるの」

「それって素敵？」

「最高よ！」

「じゃあわたしのお目めさんにも言いつけてみて！」

「だめよ、アイマラー・ポードリが浜にいるから」

「言うとおりにしないと呑みこんじゃうわよ！」

するとパラウアーは言った。

「海の砂浜に行きなさい、わたしの仲間のトラの黄色いお目めさん、急いで急いで急いで！」

お目めは行ってしまい、黒トラさんは盲いてしまった。そこに居合わせたアイマラー・ポードリは、ごくん！とトラのお目めを呑みこんでしまった。タライロンの父神さま、アイマラー・ポードリのものすごく強烈な匂いが漂ってきたので、よくないことが起こったんだろうと思って、パラウアーはこっそり逃げようとした。でも、ひどい暴れん坊の黒トラさんはそれに気づいてピューマさんに言った。

「ちょっと待って、ピューマさん！」

「でも、子どもたちの夕ごはんを探しに行かなきゃ。じゃあまたね」

「そのまえにわたしのお目めさんを元に戻して。もう暗闇には飽きあきしたから」

パラウアーは叫んだ。

「海の砂浜からこっちに来なさい、トラさんの黄色いお目めさん、急いで急いで急いで！」

でもお目めは戻ってこず、黒トラさんはカンカンに怒った。

「さあ、おまえを呑みこんでやるわ！」

そしてピューマさんを追って駆け出した。森じゅうを駆けめぐる追いかけっこになり、小鳥たちは恐ろしくて縮みあがり、夜もびっくり仰天してすくみ上がった。そのせいで木々の上に朝や昼が訪れているときでも、森のなかはいつも夜なのさ。かわいそうなピューマさんはもう歩くことさえできなくなった……。

一レグア半走ったとき、パラウアーは疲れて振り返った。黒トラさんはそばまで来ている。そしてパラウアーはイビラソイアーバという名前の丘にたどり着いて、巨大な鉄床《かなとこ》に出くわした。十六世紀の山師アフォンソ・サルディーニャがブラジルで暮らしはじめたときにその溶鉱所にあったものさ。鉄床といっしょに置き忘れられた車輪が四つあった。そこでパラウアーは車輪を四本の足に結びつけて、あまり力を使わなくてもころころと進んでいけるようにした。そして、よく使われる言い方を借りると、「ハンモックの結び目をほどいて」びゅうっと行った！　ピューマさんはまたたく間に一レグア半の土地を駆け抜けたけど、トラさんはなおもどんどん追いかけてくる。轟音が立って小鳥たちは恐ろしくてちっちゃくちっちゃくなり、夜はさらに重くなって、出歩くことさえできなくなった。さらにその騒音には、ノイチボーのうめき声が混じっていた……。ノイチボーっていうのは娘の不幸を嘆いている夜の父神さまだよ。

パラウアーはおなかがペコペコだった。トラさんはしっぽの先まで迫っている。でもパラウアーは背中にひっつきそうなほど減ったおなかを抱えてはもう走ることすらできず、ひどいやつが住んでいたというボイペーバの砂州を通りすぎるとき、近くにモーターを見つけて呑みこんじゃった。モーターがピューマさんの胃のなかに落ちるやいなや、かわいそうなピューマさん、新たな力を得て走り出した。一レグア半進んでうしろを振り返った。黒トラさんは、上に乗っかりそうなくらい近くに附いてきている。夜が悲嘆に暮れていたせいであたりは暗かったので、小さな丘の上のフェンスにこっぴどく突進してしまい、パラウアーは、命だけは紙一重で助かるというありさまだった！　それで、彼女は二匹の大きな蛍をくわえこんで歯のあいだにはさみ、道を照らすのに使った。ふたたび一レグア半進むやいなや、うしろを振り返った。トラさんはまだすぐ近くにいた。ピューマさんの匂いはとてもきつかったし、目が見えなくなったしぶといトラさんは狩猟犬ばりに鼻が利いたからね。それでパラウアーはマモーナの木の実の腹くだしを飲んで、ガソリンという名前のエッセンスの缶をつかんで膀胱に流しこむと、フォンフォン！　フォン！　とそこらへんの屁っこきロバみたいな音を立てた。その轟音があまりにも大きくて近くにあるアソービオの丘で皿が割れる恐ろしい音さえ聞こえないくらいだった。黒トラさんは盲目になってたし、もうピューマさんの匂いもたどれなくなってすっかり困ってしまった。パラウアーはたくさん走ったあとうしろを振り返った。もうトラさんの影も見えなくなった。それにもう湯気が立つくらい鼻先が熱くなって、走ることもできなくなっていた。近くには、沼地に隣りあった広大なバナナ畑があった。パラウアーはもうサントスの港に着いていたんだ。それで彼女は沼の汚水を鼻先にぶちまけて冷ました。それからイチジクバナナの木の大きな葉をちぎって、それをフードみたいにかぶって身を隠した。そうやって眠りに就いたんだ。ひどい乱暴者の黒トラさんは、そこを通りかかりさえしたけど、ピューマさんはすんとも言わない。相手は気づかずに行ってしまった。それでピューマさんは、恐ろしくて、逃げるのに役立ったすべてのものを二度と手放そうとしなくなったのさ。いつも足には車輪を、おなかにはモーターを、喉元にはオイルの下剤を、鼻先には水を、尾骨にはガソリンを、口には二匹の大きな蛍を付け、イチジクバナナの葉のフードをかぶって、やれやれ！　これでぶっ飛ばす準備万端。最初は、タクシーとかいう名前のアリの行列にでもつっこもうものなら、一匹がつやつやした毛並みを這いあがって、彼女の耳をがぶり！　彼女は一目散に逃げていった！　それでさらに正体を隠すためにへんな名前を付けた。それが「自動車」というキカイなのさ。

でも泥の汚水を飲んだせいで、パラウアーは人事不省になってしまった。自分の自動車を持つってことは人事不省を家に持つってことなのだ、若者たちよ。

話によると、そのあとピューマさんはたくさんの子どもを産んだそうな。息子と娘だよ。つまり、男の子もいれば女の子もいた。それで「フォードくん」とか「シヴォレーちゃん」とかってぼくたちは言うのさ……。

これでおしまい」

マクナイーマはそう言って話を終えました。若者たちはうるうると涙を流しました。お嬢ちゃんは仰向けになって水に浮かんでいました。青年は涙を隠すために頭を水に潜らせてタンビウーを一匹、歯でしっぽのところを抑えて持ってきて娘と分けて食べました。すると家の玄関のところでは、フィアットというピューマが大口を開けて月に向かって吠えました。

「ブオー、ブオー！」

そのとき心地よい音が聞こえ、鼻が曲がりそうな悪臭が漂ってきました。ヴェンセスラウ・ピエトロ・ピエトラがやってきたのです。運転手の青年はすぐに立ち上がり、女の子もそれに続きました。

ふたりは招くようにマクナイーマに手を差し伸べました。

「巨人さんが旅から帰ってきましたよ、みんなで見に行きましょうか?」

三人は行きました。ヴェンセスラウ・ピエトロ・ピエトラは、通り沿いの玄関口でリポーターと会話していました。巨人は三人に微笑みかけると、運転手の青年に言いました。

「中に入るぞ!」

「わかりました!」

ピアイマンの耳にはピアスのための穴が空いていました。青年の足一本を右耳の穴に、もう一本を左耳の穴に入れ、背中に担いでいきました。公園を横切って家に入りました。マナウスに住むドイツ系ユダヤ人がチチーカの蔓《つる》で編んだソファを備えた、アカプーの木でできたホールのどまんなかに、巨大な穴が空いていて、その上にはジャペカンガの蔓がブランコみたいにぶらさがっていました。ピアイマンは青年を蔓の上に座らせると、ちょっと揺らしてやろうかとたずねました。青年はそうしてほしいと答えました。ゆっさゆっさと揺らしていたピアイマンは、突然ぐいっと引っぱりました。ジャペカンガには棘があるのです……。棘は運転手の肉にまで入りこみ、その穴から血が噴き出しました。

「もうけっこうです!　じゅうぶん楽しみました!」と運転手は叫びました。

「揺らすって言ったら揺らすさ」とピアイマンは答えました。

血は流れっぱなしです。巨人の妻、森の精《カアポーラ》のセイウシーばあさんが穴の下にいて、彼女が夫のために作っているスパゲッティの平鍋にその血がぽとぽと落ちていたのでした。青年はブランコの上でこぼします。

「あぁ、父さんと母さんがそばにいれば、こんな悪党の思うままになんかならないのに！……」

そのとき巨人は蔓をぐいっと引っぱり、青年はスパゲッティのソースのなかにぼちゃんと落ちてしまいました。

ヴェンセスラウ・ピエトロ・ピエトラはマクナイーマを探しに行きました。英雄はもう女の子と微笑みあっています。巨人は彼に言いました。

「中に入ろうか？」

マクナイーマは腕を伸ばして囁《ささや》きます。

「あぁ！……めんどくさ！……」

「さあ、行くぞ！……行くぞ？」

「はいはい……」

するとピアイマンは運転手の青年にしたのと同じように英雄をさかさまにして背中に担ぎ、足を耳の穴につっこみます。マクナイーマは吹き矢を立てます。するとサーカスで矢を吹く曲芸師がさかさまになったまま的のタマゴを射るところみたいでした。不快を感じた巨人が振り返ってそれに気づきました。

「そんなことは止めろ！」

吹き矢を取りあげて遠くに投げます。マクナイーマは手のなかに落ちてきた枝をつかみました。

「何やってんだ？」と巨人は疑りぶかくたずねました。

「枝が顔にぶつかってるんだよ！」

ピアイマンは英雄をひっくり返してあたまを上にしました。するとマクナイーマは枝で巨人の耳をコチョコチョしました。ピアイマンはげらげら笑いきゃっきゃと飛び跳ねます。

「もう手を焼かすな！」と彼は言いました。

ホールに着きました。階段の下には黄金の鳥カゴがあって、歌がじょうずな小鳥たちがいました。巨人の小鳥たちというのはヘビやトカゲです。マクナイーマは鳥カゴに飛びついて、うまく隠しながらヘビを食べはじめました。ピアイマンは彼をブランコに来るよう誘いますが、マクナイーマはヘビを呑みこみながら数えています。

「あと五匹か……」

そしてもう一匹呑みこむのでした。とうとうヘビは一匹もいなくなり、英雄はぷりぷり怒って鳥カゴから降りてきて右足で立ちました。ぷりぷり怒ってムイラキタン泥棒をにらみ、つぶやきました。

「んんん……めんどくさ！……」

でも巨人はくいさがって英雄にブランコに乗るよう言います。

「どうやって揺らしたらいいかわからないんだよ……。あなたが最初にやってみせてよ」とマクナイーマはつぶやきます。

「おれがなんて冗談じゃない！　水を飲むみたいに簡単なのに！　ジャペカンガの蔓に上がるだけさ、おれが揺らしてやるから！」

「じゃあいいけど、先にやってみせてよ、巨人さん」

ピアイマンはなおもくいさがりましたが、マクナイーマは巨人が先にブランコに乗るよう言いつづけます。そこでヴェンセスラウ・ピエトロ・ピエトラは蔓に乗ってマクナイーマが揺らします。だんだん強く揺らしながら、こんなふうに歌います。

ゆぅらゆら
大将さん
腰には剣
手には槍！

マクナイーマは蔓をぐいっと引っぱりました。棘が巨人の肉に突き刺さり、血が噴き出します。下にいる巨人の妻、森の精《カアポーラ》のセイウシーばあさんはそれが夫の血だと気づかず、スパゲッティで血の雨を受け止めます。ソースは濃くなっていきます。

「止めろ！　止めろ！」。ピアイマンは叫びます。

「揺らすって言ったら揺らすよ！」とマクナイーマは答えます。

巨人がふらふらになるまで揺らしつづけると、ふたたびジャペカンガを思い切りぐいっと引っぱりました。ヘビを食べたせいで血が沸き立っていたのです。ヴェンセスラウ・ピエトロ・ピエトラは穴に落っこちていきながら、こんな歌をがなっていました。

「レンレンレン……もしいま助かったら、もう人間なんてひとりも食べません！」

下でボコボコと沸いているスパゲッティを見て、妻に向かって叫びました。

「どかさないとおまえを呑みこむぞ！」

でも、ワニさん平鍋をどかしましたか？ まさか！ 巨人はボコボコと沸いているスパゲッティのなかに落っこちて、空中には皮が焼けるものすごい匂いが漂ってサンパウロの街中のスズメはそれで死んでしまい、英雄はというと、してやったりと酔い痴れました。ピアイマンはじたばたもがいていましたが、もう虫の息です。力を振りしぼって、平鍋の底に足を着いて立ち上がりました。顔に流れてくるスパゲッティを押しやり、白目を上に向け、もじゃもじゃ口ひげをペロッとやりました。

「チーズが足りないな！」と叫びました……。

そして死んだのです。

これが人食い巨人ピアイマン、ヴェンセスラウ・ピエトロ・ピエトラの最期でした。

マクナイーマは我に返るとムイラキタンを取りに行き、それから路面電車とかいうキカイに乗って宿屋に帰りました。そして泣きながら、こんなふうにうめきました。

「ムイラキタン、ぼくの美しいひとのムイラキタン、おまえはいるけど彼女はいない！……」

第十五章
オイベーの臓物

そこで三兄弟は故郷に向かって出発しました。

満ち足りた気持ちなのはみんないっしょでしたが、英雄が他のふたりにましてそうだったのは、英雄たるもののみに抱くことが許される感情を抱いていたからです。それはそれは深い満足の気持ちです。三人は出発しました。ジャラグアー山の頂を越えるとき、マクナイーマはうしろを振り返り、巨大な街サンパウロを眺めました。物憂げに長いこと考え込んだあげく、あたまを振り振りこうつぶやきました。

「健康《サウーヂ》はわずか、サウーヴァ蟻はたくさん、それがブラジルの害悪だ……」

涙を拭いて、震える唇を落ち着かせました。そしてひとつまじないをしました。両腕を宙で振って、その巨大な集落《ターバ》、サンパウロを、石造りのナマケモノに変えてしまったのです。そして出発しました。
考え抜いたあとで、マクナイーマは最後の真鍮銭《アラーミ》で、サンパウロの文明世界でいちばん自分の気を引いたものを買うのに使いました。彼が手に入れたのは、スミス&ウェッソンのリヴォルヴァー、パテック社の時計、リヴォルノ鶏のつがいでした。リヴォルヴァーと時計はピアスにして耳に下げ、手には雄鶏と雌鶏を入れた鳥カゴを提げていました。動物くじで儲けたお金はビタ銭一枚残っていませんでしたが、穴を開けた唇にはムイラキタンをぶら下げているのでした。

そのお守りのおかげですべてが楽々と行きました。交代でカヌーを漕ぎながらアラグアイア川を下りたのですが、ジゲーが漕いでいるときにマアナペが船尾の櫂《ジョアン・ヂ・パウ》を操る、という具合でした。三人はまた幸せ一杯になったのでした。そのときマクナイーマは舳先《へさき》に控えて、ゴイアス州の人びとの暮らしを楽にできるように、新たに渡さなければならない橋、修理しなければならない橋についての覚書きを取ります。夜になると、洪水でできた水溜まりのなかで気怠《けだる》げに跳ねる溺死者たちの光が闇に浮かぶのを目を凝らして見ながら、マクナイーマはぐっすりと眠るのでした。次の日、冴えて目覚めると、鳥カゴの吊り輪を唇の左側に下げ、カヌーの舳先にすっくと立って、小ぶりなギターをかき鳴らしながら世界へと向けて口を開き、故郷への想い《サウダーヂ》を歌にしました。

カモメが案内人
——魚のウアウアウー

カワセミが料理人
——魚のウアウアウー
ツバメ《タペラー》のおうち《タペーラ》はどこ？
ウラリコエーラ川のほとりの
——魚のウアウアウー

そして目をみはって幼年時代の土地を探しながら、どんどんと川の水面を下っていきました。川を下りながら、魚の匂いひとつひとつ、アナナスの夜ひとつひとつ、あらゆるもののひとつひとつに胸を熱くして英雄は世界に向けて口を開き、意味のない謡いを作って狂ったように歌いました。

ツバメ《タペラー》は案内人《タペジャーラ》
——フクロウのカボレー
キツツキは肉練り団子《パソッカ》
——フクロウのカボレー
兄さんたち　さあ行こう
ウラリコエーラの川べりへ！
——フクロウのカボレー

アラグアイア川の水はカヌーをまっすぐ招くように小声で囁《ささや》き、遠くからは人魚ウイアーラたちが歌う大きな声が聞こえてきていました。太陽の女神ヴェイはカヌーを漕ぐマアナペとジゲーの汗できらめく背と、立っている英雄の毛むくじゃらの体とをむち打っていました。じっとりする灼熱で、三人の目眩《めま》いにさらに火がつくようでした。マクナイーマは自分が処女密林の皇帝であることを思い出しました。そして、恐いもの知らずで太陽の女神に向かってあるしぐさをして、こう叫びました。

「エロピータ・ボイアモレーボ！」

するとお空が突然暗くなり、地平線から夕焼け雲が昇ってきて、穏やかな一日が暮れてゆきました。夕焼けはどんどんどんどん近づいてきましたが、それは赤いコンゴウインコやクサビオインコといったあらゆるおしゃべり鳥の群れで、トランペットオウム、イエオウム、クタパードインコ、シャラン、ムネムラサキ、ボウシインコ、クリーカ、アラーリ、アラリーカ、青アラーラ、アラライー、アラーラ・タウア、青羽コンゴウインコ、アケボノインコ、赤アラーラ、オオハシペリキート、テリーバオウム、キガシラウルブー、美しいアナカー、アナプーラ、カニンデー、トゥイン、ペリキートなど、皇帝マクナイーマの色とりどりの家来たちなのでした。そしてこれらのおしゃべり鳥たちみんなが、翼と啼き声とで覆いを作って、悔しがる太陽の女神の仕返しから英雄を守るのでした。水と神々と鳥たちのざわめきでもう他の音は何も聞こえないようで、カヌーは驚いて止まってしまったかのようでした。でもマクナイーマはリヴォルノ鶏たちを驚かしながら、これらすべてのものを前にあるしぐさをときどきして叫びました。
「昔むかし、黄色い牛がいたとさ。最初にしゃべったやつがその牛の糞を食っちまえ！　デン・デ・レンがやってきた！」
世界は静まりかえっていってうんともすんとも言わず、その静けさがカヌーにかかる陰の気怠さを心地よくしました。そして遠いところ遠いところで、小さく小さくウラリコエーラ川のざわめきが聞こえていました。するとと英雄はさらに胸を熱くしました。かき鳴らされたギターは震えるような音を立てます。マクナイーマは喉をごろごろ鳴らしてつばを川に吐き、そのつばが沈んでいって気色わるいマタマタガメに変わってゆくあいだ、英雄は世界に向かって口を開いて、何を歌っているかもわからないまま狂ったように歌いました。

パナパナー・パ・パナパナー
パナパナー・パ・パナパネーマ
船尾《ポーパ》には話《パーポ》好きの法王《パーパ》
——白いお嬢ちゃん
ウラリコエーラ川のほとりで！

それから宵《よい》の口はあらゆる音を呑みこんでしまい、世界は眠りに就きました。いたのはただカペイ、ぶくぶく太ったお月さまだけで、それはまるで熱い夜を過ごしたあとのポーランド娘の顔みたいでした！　たくさんじゃれあったこと、たくさんのきれいな女の子《クニャン》、たくさんのカシリ酒！……。マクナイーマは、サンパウロという巨大な集落《ターバ》で起こったことに郷愁《サウダーヂ》を覚えました。夫婦ごっこをしてじゃれあった、黎明のように白い肌の女の子たちみんなが、まざまざと見えるようでした。なんてすばらしかったんだろう……！　甘く囁きました。「マニ！　マニ！　木芋《マンヂオッカ》のお嬢さんたち！」……。心動かされて唇が震え、ムイラキタンが川に落ちてしまいそうでした。マクナイーマはふたたび唇飾り《テンベター》を唇に差しました。そして一生懸命に考えたのはムイラキタンの持ち主だったひと、戦好きで色っぽいあのひとのことで、シー、あぁ、シー、森の母神さま、自分の髪で編んだハンモックで眠ったせいでマクナイーマが忘れられなくなってしまったあのいじわる女への想いが胸を打ちました……！　「苦しみは、愛を遠くに持つ者の宿命……」と考えました。いじわる女のなんという仕打ちでしょう……！　お空ですっかりおしゃれに着飾って、どこの馬の骨ともわからないやつとじゃれあい回って……。やきもちを焼きました。両腕を高く上げてリヴォルノ鶏たちを驚かし、愛の父神さまに祈りを捧げました。

ルダーさま！　ルダーさま！
お空におわして
雨をお遣わします。

ルダーさま！　ぼくの愛しいひとが
いくら恋人を作っても
そいつらをフニャフニャだと思いますように！
あのいじわる女に
このいじわる男への恋しさ《ソダーヂ》を吹き込んでください！
明日ぼくのことを思い出させてください
お日さまが西の果てに沈んでゆくときに……！

空中を見つめました。シーはそこにいず、いるのはぶくぶくに太ってすべてを支配しているカペイだけ。英雄は鳥カゴを枕にしてカヌーに寝そべり、マルイン蚊やピウン蚊やムリソーカ蚊の飛び交うなかで眠りに就きました。

竹林に響き渡るヴィーラ鳥の啼き声でマクナイーマが目を覚ましたときには、夜空はすでに黄色く明けそめていました。風景をよく眺めてから、砂浜へと駆けていってジゲーに言いました。

「ちょっと待ってて」

森に入ってゆき、一レグア半進みました。かつてジゲーの妻で、いまは彼の妻である美しいイリキを探しに行ったのですが、イリキはパンヤノキの根に座って、身を飾り、ツツガムシをつまみ取っていました。ふたりは再会をよろこんで何度もじゃれあってから、カヌーのところに来ました。

正午頃、ふたたびオウムたちの群れが広がってマクナイーマの護衛につきました。それが何日も続きます。ある日の午後、退屈しきった英雄は陸地で眠りたくなり、そうしました。砂浜に一歩降りるやいなや、彼の前に怪物が立ちはだかりました。ソリモンイス川のあたりではジュクルトゥーとして知られる獣のポンデーで、夜には人の姿になって旅人を食べてしまうのです。でもマクナイーマは、矢じりにクルペーと呼ばれる聖なるアリの平べったいあたまがついている矢をつかむと、よおく狙いを定めて、それはそれはみごとに射当てたのでした。獣のポンデーは砕け散ってフクロウになりました。さらにその先で、平らな土地を通りすぎたあと、でこぼこだらけの峰を登っているとき、森のなかで娘たちに悪さをして回るサル人間の怪物、マピングアリに出くわしました。怪物はマクナイーマをつかまえましたが、英雄は自分の大切なもの《トアキスー》を外に出してマピングアリに見せました。

「かんちがいしないでよ！」

怪物は笑って、マクナイーマを通してやりました。英雄は、アリがいない、安心して休める場所を探して一レグア半歩きました。四〇メートルもあるクマルーの木のてっぺんに上って、探しに探したあと、やっと小さな光を遠くに見つけました。そこに行ってみると小屋がありました。オイベーの小屋です。マクナイーマが扉をノックすると、とても優しい声がなかからうめきました。

「誰が来たの！」

「あやしい者じゃないよ！」

すると扉が開いて大きな獣が現れ、英雄はびっくりしました。それは恐ろしい大ミミズのオイベーでした。英雄は寒気を感じましたが、スミス&ウェッソンを持っていることを思い出して勇気を振りしぼって休ませてほしいとお願いしました。

「どうぞどうぞ、自分の家だと思って」

マクナイーマはなかに入り、枝編みのカゴに座ってじっとしていました。とうとうこうたずねます。

「お話しようか？」

「そうしよう」

「どんなこと？」

オイベーは薄ひげをさすりながら考えこみ、突然うれしそうに言いました。

「汚いことはどうだい？」

「やった！　ぼくはそれが大好きなんだよ！」と英雄は叫びました。

そして小一時間、汚いことについて話しました。

オイベーは食事を作っているところでした。マクナイーマは少しもおなかが空いていませんでしたが、鳥カゴを床に置くと、空いている振りをするためになかをさすりながら言いました。

「ふぅ！」

オイベーはぼやくように言いました。

「いったいどうしたんだ！」

「おなかが空いた、おなかが空いた！」

オイベーは桶を取ってきてなかにヤムイモと豆を入れ、ひょうたんには木芋《マンヂオッカ》の粉をたっぷりと入れて英雄に出しました。でもクスノキの串に刺した香ばしい臓物焼きのほうは、ひとかけらもくれません。マクナイーマは噛みもせずにすべてをゴクリと呑み込んで、おなかはちっとも空いていませんでしたが、こんがり焼けている臓物のせいでよだれがたくさん出てきました。手でおなかをさすりながら言いました。

「ふぅ！」

オイベーはぼやくように言いました。

「いったいどうしたんだ！」

「喉が渇いた、喉が渇いた！」

オイベーはバケツをつかんで井戸に水を汲みに行きました。その途中、マクナイーマは炭火からクスノキの串を取り、臓物焼きを噛みもせずに丸ごとゴクリと呑みこむと、満足して待ちました。大ミミズがバケツを持って戻ってくると、マクナイーマはココナッツ水をがぶがぶ飲みました。それからあくびをしながら囁きました。

「ふぅ！」

怪物は驚きました。

「まだ何かあるのか！」

「眠いよ、眠いよ！」

そこでオイベーはマクナイーマを来客用の寝室に連れていっておやすみなさいを言い、外からドアを閉めました。そして夕食を取りに行きました。マクナイーマは鳥カゴを部屋の隅に置くと、更紗《さらさ》で鶏のつがいを覆ってやりました。寝室をよく調べてみました。四方から絶えず音が聞こえています。マクナイーマがライターの石を打って火を点けてみると、それはゴキブリでした。もういちどリヴォルノ鶏たちに足りないものがないかを確かめてからハンモックに上がりました。つがいの鶏はゴキブリを食べてごきげんでした。マクナイーマはひとり笑うとげっぷをして眠りに就きました。それからまもなくゴキブリに覆われてべろべろやられました。

オイベーはマクナイーマが臓物焼きを食べてしまったことに気づくとカンカンに怒りました。小さな鐘をつかみ、シーツに身を包んで、おばけの振りをしてお客さんを驚かしに行きました。もちろん、ふざけてですけどね。ドアをノックして鐘をチリンと鳴らしました。

「なあに？」

「探しに来たのさ、臓物モツモツモツモツ、チリン！」

ドアを開けました。英雄はおばけの姿を見ると震えあがってしまい、ぴくりとも動けません。それがオイベーだとはわからなかったのです。幽霊はどんどん近づいてきました。

「探しに来たのさ、臓物モツモツモツ、チリン！」

するとマクナイーマは、それはおばけなんかじゃなくて恐ろしい大ミミズの怪物オイベーだと気づきました。勇気を出して左の耳飾りにしていたリヴォルヴァーというキカイを取り、おばけに向かって一発ぶっぱなちました。オイベーは平気の平左でどんどん近づいてきます。英雄はまた怖くなりました。ハンモックに飛び乗って鳥カゴをつかむと、窓からこっそり逃げ出し、通ったところにゴキブリをばらまきながら行きました。オイベーは走って追いかけます。でも彼が英雄を食べようとしたのは、ただふざけてのことです。マクナイーマは野を一目散に駆けていきますが、だんだん大ミミズが迫ってきます。そこで人差し指を喉に入れてコチョコチョやって、呑みこんだマンヂオッカの粉を吐き出しました。マンヂオッカの粉は大きな砂丘になり、大ミミズの怪物が砂地獄を渡ってこようとさらさら滑ってもがいているあいだ、マクナイーマは逃げてゆくのでした。右の方へ行き、七年ごとに轟音を立てるエストロンドの丘を下り、いくつかの茂みを通り、波を立てる滝を越え、セルジッピ州を隅から隅まで回ったあと、岩だらけの峡谷で、ゼーゼー言いながら立ち止まりました。目の前には大きなほら穴があり、それはなかに祭壇のある隠れ家になっていました。入り口には修道士がひとりいたのでマクナイーマはたずねました。

「あなたのお名前はなんていうの？」

修道士は冷たいまなざしで英雄を見やると、気取って答えました。

「わたしは画家のメンドンサ・マールです。人間の不正義を嫌厭《けんえん》して三世紀ほどまえに彼らから離れて奥地に引っ込んだのです。この洞窟を発見して、自分の手でボン・ジェズース・ダ・ラパの祭壇を築いたのです。フランシスコ・ダ・ソレダーヂ師となってここで人びとに赦しを与えながら暮らしています」

「なるほど」とマクナイーマは言いました。そしてまた駆けはじめました。

でもそのあたりはほら穴だらけで、すぐ先でまた見知らぬ人が珍妙なしぐさをしていたので、マクナイーマは驚いて立ち止まりました。それはエルキュール・フロランスでした。小さな洞窟の入り口のところにガラスの容器を置いていて、青タロ芋の葉っぱでふたを被せたり取ったりしていました。

マクナイーマはたずねました。

「あれあれあれ！　いったい何をしてるのか教えてくれますか？」

見知らぬ人は彼のほうを向いてよろこびに目を輝かせながら言いました。

「日付けを記録してください《ガルデ・セット・ダット》！　一九二七年！　たったいま写真を発明したんです《ジュ・ヴィアン・ダンヴァンテ・ラ・フォトグラフィ》！」

マクナイーマはげらげら笑いました。

「カカカ！　もうずっとまえに発明されたんですよ！」

するとエルキュール・フロランスは気を失って青タロ芋の葉っぱの上に倒れ込み、鳥たちの啼き声についての科学論文を、音符を使いながら記しはじめました。あたまがおかしかったのです。マクナイーマは走り去りました。

一レグア半走ったあとうしろを振り返ってみると、オイベーは近くまで迫ってきていました。人差し指を喉に入れてコチョコチョやり、呑みこんだヤムイモを吐き出すと、それがごちゃごちゃしたカメの群れになりました。オイベーがその汚らしいカメたちを避けるのに苦心しているあいだに、マクナイーマは逃げてゆきました。一レグア半先で振り返りました。オイベーはすぐうしろに迫っています。そこでふたたび人差し指を喉に入れてコチョコチョやり、呑みこんだ豆と水を吐き出しました。それがみんな、ウシガエルがわんさかいる泥沼になり、オイベーがそこを渡るのに苦心しているあいだ、マクナイーマは鶏たちのためにミミズを拾い集めてから大慌てで走り出しました。だいぶ距離を開けてから立ち止まって休みました。たくさん走ったのにふたたびオイベーのぼろ小屋まで戻ってきていたので、びっくりしました。果樹園に身を隠すことにしました。ゴレンシの木があったので、木の枝を折って隠れ場所を作りました。断ち切られた枝々は涙を流し、ゴレンシの木の嘆きが聞こえました。

お父さんの庭師さん
わたしの髪を切らないで
いじわるな人がわたしを埋めた
イチジクの実のあたりに
その実は小鳥が食べてしまった
——シクシク、小鳥さん!

小鳥たちはみんなかわいそうに思って巣のなかで啜《すす》り泣き、英雄は驚いて凍りついてしまいました。首飾りに付けていた枝細工のカゴをつかんで、まじないをしました。ゴレンシの木はそれはそれは淑《しと》やかなお姫さまになりました。英雄はお姫さまとじゃれあいたくてたまらなくなりましたが、オイベーがもう近くまで来てどなっているはずでした。そして実際、こう聞こえたのです。

「探しに来たのさ、臓物モツモツモツモツ、チリン！」

マクナイーマはお姫さまの手を取ってすたこら逃げました。その先に巨大な根を張ったイチジクの木がありました。オイベーは彼らのかかとのあたりまで迫っていたので、マクナイーマにはもう時間がありません。そこでお姫さまを根の穴のなかに引っぱり込んで隠れました。でも大ミミズは腕をなかに突っ込んで英雄の足をつかまえてしまいました。引っぱろうとしますが、マクナイーマはげらげら笑いながら賢くもこう言いました。

「ぼくの足をつかんだと思ってるけど、ちがうよ！　それは根っこだよ、ばかだねぇ！」

大ミミズは手放しました。マクナイーマは叫びます。

「本当は足だったんだよ、大ばかさん！」

オイベーはふたたび腕をつっこんでみますが、英雄はもう足を引っ込めていたので大ミミズが見つけるのは根っこだけです。近くにサギがいました。オイベーは彼女に言いました。

「親愛なるサギさん、英雄を見張っていてください。ここを掘るための鍬《くわ》をわたしは取りに行くので、逃がさないでくださいね」

サギは見張りとして留まりました。オイベーが遠くに行ってしまうと、マクナイーマは彼女に言いました。

「じゃあ、おマヌケさん、英雄を見張るってそんなふうにやるんだねぇ！　近くに来て目をちゃんと開けなよ！」

サギはそうしました。するとマクナイーマは、火蟻をひと握り彼女の目に投げつけ、目が眩《くら》んだサギがぎゃあぎゃあ叫ぶあいだ、お姫さまを連れて穴を出てふたたびさっさと逃げ出しました。マト・グロッソ州のサント・アントニオの近くでバナナの木を見つけたときには、ふたりはおなかがペコペコで死にそうでした。マクナイーマはお姫さまに言いました。

「登って、緑のがおいしいから食べなよ。黄色いのはぼくに投げて」

彼女はそうしました。英雄は満腹になって、お姫さまがおなかを痛くして踊るように身をよじるのを見てよろこびました。オイベーがもうすぐたどり着きそうだったので、ふたりはまたハンモックの結び目をほどきました。

一レグア半走って、アラグアイア川沿いの切り立った土地にたどり着きました。でもカヌーは向こう岸のだいぶ下流のほうに停泊していて、そこでマアナペとジゲーと美人のイリキといった仲間たちみんなが眠っていました。マクナイーマはうしろを振り返ってみました。オイベーはもうすぐそこです。そこで最後にもういちど人差し指を喉に入れてコチョコチョやって、水のなかに臓物を吐き出しました。臓物は柔らかい草で覆われた浮き島になりました。マクナイーマは鳥カゴをその柔らかい島にそっと置き、それからお姫さまをそこにどさっと投げ落とし、岸をひと蹴りして、浮き島を川辺から離すと、水の流れに乗って進んでいきました。オイベーがやってきましたが、逃げる者たちはもう遠くに行ってしまうところでした。すると、名高いオオカミ男でもあった大ミミズはぶるぶると震えてしっぽを生やし、森の犬《カショーホ・ド・マト》になりました。魔法が解けた喉をめいっぱい開くと、おなかのなかから青い蝶が飛び出てきました。それは、イポランガのほら穴に棲むカハパートゥという恐ろしい怪物のしわざでオオカミの体のなかに閉じ込められた人間のたましいなのでした。もうおたがいに微笑みあっています。

マクナイーマとお姫さまはじゃれあいながら川を下ってゆきました。

ふたりがカヌーのそばを通ったとき、兄さんたちはマクナイーマの叫び声で目を覚まし、あとに附いていきました。イリキはすぐにやきもちを焼きました。英雄はもう彼女のことなんてどうでもよくて、お姫さまとだけじゃれあっていたからです。もういちど英雄の心を捉えようとエンエン泣きはじめました。ジゲーは彼女を憐れんで、マクナイーマにちょっとイリキとじゃれあってやれよ、と言いました。ジゲーはとんだおろか者だったのです。でももうイリキなんて気にかけていない英雄は彼にこう答えました。

「イリキなんてつまらない女だけどさぁ、兄さん、お姫さまと来たら、そりゃあもう！　イリキの言うことなんて信じちゃだめだよ！　冬のお日さま、夏の雨、女の涙、泥棒の約束、やれやれ……誰もそんなものにはだまされないさ！」

そしてお姫さまとじゃれあいに行きました。悲しく悲しくとっても悲しくなったイリキは、カニンデーオウムたちを呼んでお空に連れていってもらうと、涙が光になって、お星さまになりました。黄色いカニンデーオウムたちもお星さまになりました。それが北斗七星《セテストレーロ》なんですよ。

第十六章
ウラリコエーラ川

次の日、目覚めるとマクナイーマは咳がひどく、熱が治まりませんでした。マアナペは英雄が肺結核にかかったのではないかと思い、アヴォカドの芽の煎じ薬を作りました。本当はそうではなくマラリアで、咳はサンパウロでは誰もがかかっている喉頭炎から来るものでした。マクナイーマはカヌーの舳先《へさき》にうつぶせに横たわって何時間も過ごしましたが、もう治りそうもありませんでした。お姫さまが、がまんができなくなってじゃれあいに来ると、英雄はこう囁《ささや》いて拒みさえしました。

「あぁ……めんどくさ……」

次の日、川の源にたどり着くと、ウラリコエーラ川のせせらぎが間近に聞こえました。まさにそこなのでした。マングーバの木に止まった気取り屋の小鳥は、行く手を遮るたわんだ枝を見るやいなや叫びました。

「港のおかみさん、わたしを通してくださいな！」

マクナイーマは幸せそうにお礼を言いました。過ぎてゆく風景を立って眺めました。偉大なるポンバル侯爵の弟フランシスコ・シャヴィエル・デ・メンドンサが築いたサン・ジョアキン要塞が見えてきました。マクナイーマは指揮官と兵士たちにまたねとあいさつしましたが、彼らが身に着けているのは、キュロットのぼろぼろの切れはしと制帽だけで、いまは大砲に棲みついたサウーヴァ蟻を見張って暮らしているのでした。とうとう懐かしいものだらけの土地に着きました。かつて自分たちのお母さんだった柔らかい草の丘が見えました。それはパイ・ダ・トカンデイラと呼ばれる場所で、オオオニバスが点々と浮かぶ沼に電気ウナギや小ガメが身を潜めているのでした。そしてアリクイの水飲み場の先では、かつての畑がいまは草っぱらになり、かつての藁葺小屋《マロッカ》は朽ち果てていました。マクナイーマはぽろぽろ涙を流しました。

一行はカヌーを繋ぎ留めてぼろ小屋《タペーラ》に入りました。宵《よい》の口になっていました。マアナペはジゲーといっしょに松明《たいまつ》を焚いて漁をしに行くことにし、お姫さまも何か魚を見つけられないかと見に行きました。英雄は残って休みました。すると肩に手の重みを感じたので、顔をうしろに向けて見てみると、あごひげを生やしたおじいさんがいました。おじいさんは言いました。

「おまえは誰じゃ、高貴なるよそ者さんよ？」

「ぼくはよそ者じゃないよ。英雄のマクナイーマで、ぼくの土地に戻ってきて暮らすんだ。あなたは誰？」

おじいさんは苦々しげに蚊を追い払いながら答えました。

「ジョアン・ラマーリョじゃよ」

ジョアン・ラマーリョが指を二本くわえて指笛を吹くと、彼の妻と十五人の子どもたちがぞろぞろ現れました。そして誰もいない新しい土地を求めて越して行きました。

次の日の朝早く、一行は仕事をしに出ました。お姫さまは畑に、マアナペは森に、ジゲーは川に行きました。マクナイーマは働けないことをあやまると、カヌーに乗り、マラパター島に置いてきた良識を探すため、ネグロ川の河口へと向かいました。ワニさん見つけたでしょうか？　とんでもありません。そこで英雄は、とあるスペイン系アメリカ人の良識をつかんであたまのなかにつっこんでみましたが、それでも大丈夫でした。

産卵のために川を遡るトゲウオの群れに出くわしました。マクナイーマは魚獲りに夢中になってしまい、気がつくとオビドスにいて、カヌーはぴちぴちの魚でいっぱいでした。でも英雄はすべてを投げ捨てなければなりませんでした。というのもオビドスでは、「トゲウオ《ジャラキ》を食べる者はここに留まる《フィーカ・アキ》」という言い伝えがあったのですが、彼はウラリコエーラ川に帰らなければならなかったからです。戻って来てもまだまっ昼間だったので、インガの木蔭に寝そべってノミを取り、寝入りました。夕暮れ時にみんなはぼろ小屋《タペーラ》に戻ってきましたが、マクナイーマだけがいません。他のみんなは探しに出ました。ジゲーはしゃがみ込んで地面に耳を付け、英雄の足音が聞こえないかと耳を澄ましましたが、何も聞こえません。マアナペはイナジャー椰子《やし》の若芽が出ているところに登って英雄の飾りのきらめきが見えないかと目を凝らしましたが、何も見えません。そこで三人は森のなかや木々を伐り倒したところを歩きながら叫びました。

「マクナイーマ、おれたちの弟……！」

何の返事もありません。ジゲーはインガの木の下に着いて、こう叫びました。

「おれたちの弟！」

「どうしたの？」

「どうせ居眠りしてたんだろう！」

「眠ってたわけないじゃないか！　シギダチョウをおびき寄せてたんだよ。兄さんが物音を立てるからシギダチョウが逃げちゃったじゃないか！」

ふたりは帰りました。毎日がそんなふうに過ぎていきました。兄さんたちはあやしんでいました。マクナイーマはそれに気づいてうまくごまかします。

「狩りはするんだけど、何も見つからないんだ。ジゲーは狩りも漁もしないで一日中寝てるじゃないか」

ジゲーは怒りました。魚はしだいに少なくなってきていましたし、獣はそれよりも少なくなってきていたからです。何か魚が獲れないかと川べりに行ってみると、足が一本しかないまじない師ツァローがいました。このまじない師は、カボチャの皮の半分でできた魔法の水入れを持っていました。水入れを川に沈めると、半分まで水を入れ、それを川辺にぶちまけました。それはもうたくさんの魚が出てきました。ジゲーはまじない師がどんなふうにやっていたかをしっかりと覚えました。ツァローは水入れをそこらへんに放り投げると、棒で魚を殺しはじめました。そこでジゲーは足が一本しかないまじない師ツァローの水入れを盗みました。

あとになって覚えたとおりにやってみると、たくさんの魚が現れて、そのなかには、ピランチーラ、パクー、ウロコナマズ、バグリナマズ、ジュンチアーナマズ、トゥクナレーといった魚がいて、ジゲーは蔓《つる》の木の根元に水入れを隠したあと、それらの魚を背負ってぼろ小屋《タペーラ》に戻りました。大量の魚にみんな驚いて、たくさん食べました。マクナイーマはあやしみました。

次の日、左目だけつぶってジゲーが漁に出るのを待ち、あとを附けていきました。そしてみんな見てしまったのです。兄さんが行ってしまうと、マクナイーマはリヴォルノ鶏たちの入った鳥カゴを地面に放り出し、隠してあった水入れを手に取り、兄さんと同じようにしました。するとたくさんの魚が現れ、そのなかには、アヴィウーエビ、グアリジューバ、ピラムターバ、マンヂー、スルビンといった魚がいました。マクナイーマは水入れをそこらへんに放り出して急いで魚をみんな殺したのですが、水入れは泥にドボン！と落ちて川の底に沈んでしまいました。そこにパチザーという名前のピランチーラ魚が通りかかって、カボチャでできた水入れを呑みこんでしまいました。マクナイーマは鳥カゴを腕に提げてぼろ小屋《タペーラ》に戻り、起こったことを話しました。ジゲーは怒りました。

「お姫さま、おれは漁に行くのに、あなたの連れあいはインガの木のしたで居眠りしてるだけじゃなくて、ひとのじゃままでするんだからなぁ！」

「ちがうよ！」

「じゃあおまえは今日何をしたんだ？」

「シカを狩ったよ」

「そいつはどこに行った？」

「食べちゃったよぉ！　道を歩いてたら足跡を見つけてさ……あれは草原のシカじゃなくて森のシカだったね。身を屈めて、足跡を追ったんだ。よぉく見てたら何か柔らかいものにあたまをぶつけたんだよ、おかしいでしょ！　何だったと思う？　シカのおしりだったんだよ！」。マクナイーマはそう言ってげらげら笑いました。「シカがぼくに聞いたんだ、そこで何をしてるんだい、って！　きみを狩ろうとしてるんだよ、ってぼくは答えた。そして草原のシカを殺して内臓も何もかも食べちゃったんだ。兄さんたちにもひと切れ持ってこようとしたんだけど、湿地ですべって転んじゃってそのひと切れは遠くに飛んでって、女王蜂がおしっこをひっかけちゃったんだよ」

　あまりにもひどいホラで、マアナペは信じませんでした。マアナペはまじない師でした。弟のすぐ近くに来てたずねました。

「おまえは狩りに行ったんだね？」

「まぁ、その……行ったよ」

「何を狩ったって？」

「シカだよ」

「どのシカさ！」
マアナペは大きなしぐさをしました。英雄は恐ろしくなって目をパチクリさせ、全部ホラだったことを白状しました。
次の日、ジゲーは水入れを探しているとき、カイカンイという名前の、お母さんを持ったことのないカナストラ・アルマジロのまじない師に出くわしました。カイカンイは棲《す》み処《か》の入り口に座って、魔法のカボチャのもう半分で作られたような小さなギターを引っぱり出してきて爪弾き、こんなふうに歌いました。

なんて恥さらし　ヤマアラシさん
なんて恥さらし　ハナグマさん
なんて恥さらし　ヘソイノシシさん
なんて恥さらし　トゥクンの葉のカゴさん
なんて恥さらし　ジャガーさん
　エェ……！

こんなふうでした。たくさんの獲物がやってきました。ジゲーはそれに気づきました。カイカンイは魔法のギターをそこらへんに放り出して棍棒をつかむと、音楽で浮かれていた獲物たちをみんな殺しに行きました。するとジゲーは、お母さんを持ったことのないまじない師カイカンイのギターを盗みました。

あとになって聞いたとおりに歌ってみると、それはもうたくさんの獣が彼の目の前にやってきました。ジゲーはギターを別の蔓の根元に隠すと、獲物をかついでぼろ小屋《タペーラ》に帰りました。みんなはまたびっくりしてたらふく食べました。マクナイーマはまたあやしみました。

次の日、左目だけつぶってジゲーが狩りに出るのを待ち、あとを附けていきました。そしてみんな見てしまったのです。兄さんがぼろ小屋《タペーラ》に戻ってくると、マクナイーマはギターを取りにいって見たとおりにやりました。すると獲物がわんさと現れ、そのなかにはシカ、アグーチ、アリクイ、カピバラ、アルマジロ、アパレーマガメ、パカ、グラシャインキツネ、カワウソ、ムスアンガメ、カテートイノシシ、モノザル、テグートカゲ、ヘソイノシシ、バク、サバチーラバク、ジャガー、ピニーマジャガー、パパヴィアードジャガー、オセロット、ピューマ、アメリカヒョウ、野ネズミなどがいて、それはもうあふれんばかりの獲物でした！　英雄は獣たちの大群に怖れをなして一目散に逃げ出し、ギターは遠くに投げ捨ててしまいました。腕に提げた鳥カゴが木の枝に当たり、雄鶏は雌鶏といっしょに耳を聾《ろう》さんばかりにコッココッコとわめき立てました。英雄はそれもあの獣たちだとかんちがいして、さらに急ぎました。

ギターはといえば、背中にヘソがあるヘソイノシシの歯に当たって十の十倍もの数に砕け散り、獣たちはそれをカボチャだと思ってむさぼりました。ギターのかけらは獣たちの膀胱のなかでくるくる回りました。

英雄はぼろ小屋《タペーラ》に死にものぐるいで駆け込んできて、肺が口から飛び出そうなほどでした。息も絶え絶えで、起こったことを話しました。ジゲーはうんざりして言いました。

「もう狩りもできないし漁もできない！」

そして寝に行きました。みんながおなかを空かせはじめました。いくら頼まれてもジゲーはハンモックに飛び込んで目をつぶっています。英雄は仕返しをすることに決めました。アナコンダの牙で偽ものの釣り針を作って、呪物に命じました。

「偽ものの釣り針さん、ジゲー兄さんがおまえを使いに来たら、手に喰い込んでやるんだぞ！」

ジゲーは腹ぺこで眠ることができず、釣り針を見つけると弟にたずねました。

「弟よ、この釣り針はいいものなのか？」

「一級品だよ！」とマクナイーマは答えて、鳥カゴを磨きつづけます。

ジゲーは本当に腹ぺこだったので漁に行くことにして言いました。

「どれ、ちょっと試してみるか」

そして呪物の釣り針を取り、手に当ててみました。アナコンダの牙は肌を貫いてなかに毒をすっかりぶちまけました。ジゲーは森のなかに駆けこんで木芋《マンヂオッカ》の葉を噛んで呑みこみましたが、効き目はありませんでした。それで蛇に噛まれたツノサケビドリのあたまを取ってきて手に当てましたが、効き目はありませんでした。毒はレプラの傷になって、ジゲーを蝕みはじめました。片腕に始まって、次いで半身、それから両脚、残りの半身、残りの片腕、首、あたま、と蝕まれていきました。とうとう残ったのはジゲーの幽霊だけになりました。

お姫さまはうんざりしました。というのも、この頃彼女はジゲーとじゃれあっていたからです。マクナイーマは浮気に気づいていましたが、こんなふうに考えました。「木芋《マンヂオッカ》を植えたら木芋《マンヂオッカ》が生まれるもの。うちのなかの泥棒から物を守ることはできないもの。ここはがまんだ……！」。そして肩をすくめるのでした。怒りの収まらないお姫さまは、幽霊に向かって言いました。

「英雄がおなかを空かせて外に出ていったら、あなたはカジューの木とかバナナの木とかシカの肉に変身するのよ」

ジゲーの幽霊はレプラを患って毒に冒されていたので、お姫さまはマクナイーマを殺してやろうと思ったのです。

次の日、目を覚ましたマクナイーマはペコペコのおなかをごまかすために散歩に出ました。果物をたわわに実らせたカジューの木を見つけ、食べようと思いましたが、それはレプラに冒された幽霊だったので、先に進みました。一レグア半先でもくもくと煙を上げて焼けているシカの肉を見つけました。おなかが空いてもう顔色が紫になっていましたが、肉がレプラに冒された幽霊であることに気づいて、先に進みました。一レグア半先でよく熟した房でいっぱいのバナナの木を見つけました。英雄はおなかが空きすぎていたせいで目も狂いはじめていました。それで、片側からは兄さんの幽霊が見えていたのですが、別の側からはバナナの木に見えたのでした。

「やった、これは食べられるぞ！」と言いました。

そしてバナナをみんなむさぼり食べました。でもバナナは本当は、レプラを患ったジゲー兄さんの幽霊だったのです。マクナイーマは死にそうになりました。そして、たったひとりで死んでしまわないように、病を他の人にうつそうと考えつきました。かつてはわたしたちみたいな人間だったサウーヴァ蟻を一匹つかまえて鼻の傷によく擦り込むと、サウーヴァ蟻はレプラに冒されてしまいました。それから英雄はジャグアタシー蟻をつかまえて同じことをしました。ジャグアタシー蟻はレプラに冒されてしまいました。それから種食い虫のアケッキ蟻、それからギケン蟻、それからトラクアー蟻、それからまっ黒のムンブッカ蟻、みんなレプラに冒されてしまいました。座り込んだ英雄の周りにはもうアリはいなくなりました。面倒くさくなり、腕を差しのべました。死にかかっていたのです。健康がやってくるのを待ち、力を振りしぼって膝を噛んでいたビリギー蚊をつかまえました。病をビリギー蚊にうつしました。そのためにこの蚊がわたしたちを噛んで肌のなかに入り、体を通り抜けて別のところから出ていくと、入り口になった穴はバウルー傷と呼ばれる恐ろしいただれになるのです。

マクナイーマはレプラを七人にうつしてしまって健康を取り戻し、ぼろ小屋《タペーラ》へと帰りました。ジゲーの幽霊は英雄がじつに賢いことをあらためて思い知ると、家族のもとに戻りたいと切に願いました。もう日は暮れ、幽霊は闇に紛れてしまって、近道がわかりませんでした。

石に座り込んで叫びました。

「明かりをくれ、かわいいお姫さま！」

お姫さまはザンパリーナという流行り病に冒されていたので、片足を引きずり引きずり、火を灯した薪《まき》で道を照らしながらやってきました。幽霊は火とお姫さまとを呑み込んでしまって、ふたたび叫びました。

「明かりをくれ、マアナペ兄さん！」

マアナペも火を灯した薪を手にしてすぐにやってきました。オオサシガメに血を吸われて鉤虫症に冒されていたので、弱り果てて身を引きずっていました。幽霊は火とマアナペ兄さんを呑みこんでしまって叫びました。

「明かりをくれ、弟のマクナイーマよ！」

英雄も呑みこもうと思っていたのですが、兄さんとお姫さまに何が起こったのかに気づいていたマクナイーマは、扉を閉めて、ぼろ小屋のなかでじっとしていました。幽霊は明かりを求めます。求めても応えはなく、明け方頃まで嘆いていました。するとお月さまのカペイが現れて大地を照らし、レプラを患った幽霊はぼろ小屋《タペーラ》にたどり着くことができました。カンジェラーナの木でできた敷居に座って、弟に仕返しするために朝を待ちました。

朝になってもまだそこにうずくまっていました。マクナイーマのほうはといえば、目を覚まして耳を澄まします。何の音も聞こえなかったので、こう判断しました。

「やった！　行っちゃったぞ！」

そして散歩に出ました。扉を抜けるとき、幽霊が彼の肩に乗りました。英雄はちっともあやしみません。おなかはペコペコでしたが、幽霊のせいで食べることはできませんでした。マクナイーマが手にするものすべてを、幽霊が呑み込んでしまったのです。タモリータ水、マンガリート芋、山芋、ビリバーの実、カジューの実、グアインベーの実、グアーカの実、ウシーの実、インガーの実、バクリーの実、クプアスーの実、ププーニャの実、カジャーの実、グラヴィオーラの実、グルミシャーマの実などの森の食物を呑み込んでしまったのです。そこでマクナイーマは釣りに行くことにしました。もう彼のために魚を獲ってくれる人はいなくなったからです。でも釣り針から魚を取ってカゴに放り込むたびに、幽霊が肩から飛び降りて魚を呑み込んでまた肩に飛び乗るのでした。英雄は「まぁ、何とかするさ！」と考えました。魚をつかむと、マクナイーマは英雄にふさわしい力で釣り竿をぐいっと引っぱり上げ、その衝撃で魚はギアナのあたりまで飛んで行きました。幽霊は魚を追って走っていきました。マクナイーマは森を、来たのとは逆の方向へさまよい歩いていきました。戻ってきた幽霊は、弟の姿が見えなくなっていたので足跡を追って駆け出しました。英雄は少し走り、インディオのタトゥ・ブランコ族の土地を横切り、議論を戦わせているジョルジ・ヴェーリョとズンビーの幽霊のあいだを突然通ったのでびっくりしてしまい、ヘトヘトに疲れ果てて振り返ってみると、幽霊はすぐそこに迫ってきています。そこはパライーバ州で、もう走る気力もなくなってしまったので立ち止まりました。英雄はマラリアにかかっていたのです。近くにはダムを建設するために蟻塚を打ち壊している労働者が何人かいました。マクナイーマは水をくださいと彼らに言いました。水は一滴もありませんでしたが、タマゴノキの根っこをくれました。マクナイーマはリヴォルノ鶏たちの喉を潤してやると、お礼を言って叫びました。

「働くやつなんか悪魔に連れていかれてしまえ！」

労働者たちは犬の群れを英雄にけしかけました。彼はまさにそれを望んでいたのですが、というのも、怖いと逃げ足が速くなるからです。前方には牛の道が開けてきました。マクナイーマは幽霊にどんどんと迫られていましたが、慌てもせず牛の道を進んで行きます。その先でピアウイー州から来たエスパーシオという名前のマラバール牛が眠っていました。怒りで我を忘れていた英雄は、その牛に平手打ちを喰らわせました。牛はびっくりして狂ったように疾走しはじめ、群れの牛たちもそのあとを追って行きました。するとマクナイーマは慌てふためいて小径に入り、ムクムーコの茂みに隠れました。幽霊は猛り狂った牛が疾走する音を聞きつけてマクナイーマだと思いこみ、あとを追いました。牛に追いつくと、遅れを取らないようにその背中に乗っかり、満足げに歌いました。

おれのかわいい牛
よろこびの牛
さよならを言いな
家族のみんなに
　オー……エー、ブンバ
安らえよ　おれの牛

オー……エー、ブンバ
安らえよ　おれの牛

でも牛はもう食べることもできませんでした。というのも、幽霊が先に呑みこんでしまうからです。すると牛はげっそりげっそりになり、やせ衰えて動きも鈍くなっていきました。グアラーピスの近くのアグア・ドースィという名前の牧草地を通りすぎるとき、牛は砂丘のどまんなかで美しい風景を目にしてびっくりしました。それはオレンジの木の園で、その豊かな木蔭で鶏たちが地面をつつき回っているのです。それは死の前兆でした……。幽霊はがっかりして、言葉を変えて歌いました。

おれのかわいい牛
がっかり牛
さよならを言いな
この世での年月にも
オー……エー、ブンバ
安らえよ　おれの牛
オー……エー、ブンバ
安らえよ　おれの牛

次の日、牛は死んでいました。そして緑に緑になっていきました。ひどく憐れに思った幽霊はこう歌って心を慰めました。

おれの牛は死んだ
おれはどうなる?
他のを探させろ
　　――白いお嬢さんのマニ
あのボン・ジャルヂンで……

ボン・ジャルヂンというのは南リオグランヂ州にある農場の名前です。すると牛とじゃれあうのが好きな女巨人がやってきて、死んだ牛を見ると大泣きして、死体を持っていこうとしました。幽霊は怒って歌いました。

手を出すな　女巨人よ
危ない目に遭うぞ!
愛しい者から手を引けば

それは心寛《ひろ》い行い！

女巨人はお礼を言って踊りながら立ち去りました。するとそこにカジューの木の葉と綿花の枝をかついだマヌエル・ダ・ラパという人物が通りかかりました。幽霊は知り合いであるその人にあいさつしました。

アスーから来た　マヌエーさん
アスーから来た　マヌエーさん
カジューの葉っぱをかついでやってきた！
奥地《セルタオン》から来た　マヌエーさん
奥地《セルタオン》から来た　マヌエーさん
綿花の枝をかついでやってきた！

このあいさつにすっかり気をよくして、マヌエル・ダ・ラパは感謝の意を表すためにタップダンスを踊り、死体をカジューの葉と綿花の枝で覆いました。
夜の守り神のおじいさんはもう穴から闇を取り出しはじめていて、すっかり紛れてしまった幽霊はもう綿と葉っぱの下の死体を見分けることができませんでした。死体を探して踊りはじめると、蛍が一匹それに見惚れてこんな歌で問いかけました。

美しい牧童さん
ここで何をなさってるの？

幽霊はこう歌って答えました。

家畜を探しに来たのさ
——白いお嬢さんのマニ
ここで見失ってしまったのさ

それから蛍は木の枝から踊りながら降りてきて、牛を照らして幽霊に見せてやりました。幽霊は死んだ牛の緑色になったおなかの上に乗って泣きました。

次の日、牛は腐っていました。そしてたくさんの黒禿鷹《ウルブー》の仲間がやってきました。アカガシラウルブー、ジェレグーア・ウルブー、ヒメコンドル、キガシラウルブー、目玉と舌しか食べないトキイロコンドルといった禿鷹たちがやってきて、うれしそうに踊りはじめました。いちばん大きいのがこんなふうに歌って踊りを導きました。

ウルブーって鳥はみにくい　みにくい　みにくい！
ウルブーって鳥はきれい　きれい　きれい！

それはオウサマウルブーという、ウルブーの父神さまなのでした。そして小さなウルブーの子どもに、もうよく腐っているかどうか、牛のなかに入って確かめてみるように命じました。小さなウルブーはそのとおりにしました。あるところから入って別のところから出てきて、もうよく腐っていると言うと、みんないっしょに踊れ歌えのお祭り騒ぎ。

おれの美しい牛
牛のゼベデウ
カラスが飛んでる
牛は死んだ。
　おお……エー、ブンバ
　安らえよ　おれの牛！
　おお……エー、ブンバ

安らえよ　おれの牛！

あのよく知られたブンバ・メウ・ボイ、またの名をボイ・ブンバというお祭りはこんなふうにして生まれたんですよ。

幽霊は、ウルブーたちが自分の牛を食べているのでカンカンに怒って、オウサマウルブーの肩に乗っかりました。ウルブーの父神さまは満足げに叫びました。

「おれのあたまの伴侶を見つけたぞ！」

そして高みへと飛び立ちました。この日以来、ウルブーの父神さまであるオウサマウルブーは双頭を持つようになったんですよ。レプラを患った幽霊は左のあたまです。最初はオウサマウルブーにはあたまはひとつしかなかったんですけどね。

第十七章 大熊座

マクナイーマは体を引きずりながら、もう誰もいなくなってしまったぼろ小屋《タペーラ》に戻りました。どうしてこんなに静かなのかわからず、うんざりしてしまいました。まるっきりひとりぼっちの、天涯孤独の身になってしまったのです。兄さんたちはオウサマウルブーの左のあたまになってどこかに行ってしまいましたし、女の子《クニャン》ももうひとりもいません。静けさはウラリコエーラ川のほとりで居眠りを始めていました。なんとうんざりしてしまうことでしょう！　それに何といっても、あぁ……めんどくさ……！

マクナイーマは、カトレー椰子《やし》の藁《わら》を編んで作った壁の最後の残りが落ちかけていたぼろ小屋《タペーラ》を出なければなりませんでした。でもマラリアにかかっていたせいで差掛小屋《パピリ》を建てる気力さえ沸きませんでした。そこで下にお金を埋めてある石がある山のてっぺんにハンモックを持っていきました。葉っぱをたくさん繁らせている二本のカジューの木にハンモックを結びつけるともうそこから出ようとせず、うんざりした気分でカジューの実を食べながら、何日も眠りました。なんて孤独なんでしょう！　あの色とりどりの鳥の部隊さえ、もう解散してしまいました。そのとき、大急ぎのミドリオウムがそのあたりを通りかかりました。オウムたちはどこに行くのかと仲間にたずねました。

「イギリス人の国でトウモロコシが熟れたから、そこに行くのさ！」

　するとオウムたちはみんなイギリス人の国にトウモロコシを食べに行きました。でもまず初めにインコに変身しました。そうすれば、食べてもインコのせいになるからです。とってもおしゃべりのマラカナン・オウムだけが残りました。マクナイーマはこんなふうに考えて自分を納得させました。「稼ぎの悪いやつは悪魔に連れていかれてしまうもの……ここはがまんがまん」。うんざりな気分で日々を過ごしながら、マラカナン・オウムに、幼少の頃から今に至るまで英雄である自分の身に起こったことを、自分たちタパニューマ族の言葉で繰りかえし語らせて気を紛らわしたのでした。あぁぁぁあ……。マクナイーマはカジューをかじって汁を滴《したた》らせながらあくびをし、手をうしろで組んで枕にしてハンモックの上でだらけきっていたので、リヴォルノ鶏のつがいは足まで、おなかまでほこりまみれになりました。夜になりました。カジューの木から漂う香りに包まれて、オウムはぐっすり眠りました。暁《あかつき》が訪れる頃には、オウムはクチバシを翼から出して、英雄の体を横たえさせるために夜のあいだ枝々に巣をかけていたクモたちを、朝食に食べました。そして言いました。

「マクナイーマ！」

寝ぼすけさんはぴくりとも動きません。

「マクナイーマ、おい、マクナイーマ！」

「寝かせてくれよ、オウムさん……」

「英雄さん、起きなさい！　朝ですよ！」

「あぁ……めんどくさ！……」

「健康《サウーヂ》はわずか、サウーヴァ蟻はたくさん、それがブラジルの害悪だ！」

マクナイーマはげらげら笑って、鶏につくシラミのピシレンガでいっぱいのあたまをぽりぽりかきました。するとオウムは前の晩に覚えた話を繰りかえし、マクナイーマはたくさんの過去の栄光を誇らしく思いました。気持ちが高ぶって、オウムにまた別のもっとおもしろい話を聞かせてやりました。そんなふうに毎日が過ぎてゆきました。

宵《よい》の明星パパセイアがやってきてみんなに眠るように言うと、オウムは、物語が途切れてしまうことに怒りました。あるときなどはパパセイアをののしりさえしました。するとマクナイーマが言って聞かせました。

「あの星を悪く言っちゃいけないよ、オウムさん！　タイーナ・カンはいいやつなのさ。宵の明星のタイーナ・カンは地上に棲む者たちをかわいそうに思ってエモロン・ポードリを遣わしてこの世界の眠りという安らぎを与えてくれるんだ。ぼくたちみたいにものを考えることがないために、安らぐことのできるすべての物たちにね。タイーナ・カンも人なんだ……。だだっ広いお空で輝きを放っていて、カラジャー族の酋長ゾゾイアッサのいちばん上の娘、イマエローっていう独り身の女がこう言ったんだ。

「お父さん、タイーナ・カンはとってもきれいに輝くから、わたしは彼と結婚したいわ」って。

ゾゾイアッサは大笑いした。だってタイーナ・カンをいちばん年上の娘の婿にやることなんてできないからね。でも夜になると、川を下ってきた銀の丸木舟の漕ぎ手が降りてきて、入り口の外に置いてある長椅子をコンコンと打って、イマエローに言った。

「わたしはタイーナ・カンだ。おまえの願いを聞きつけて銀の丸木舟でやってきた。わたしと結婚してくれ！」

「はい」と彼女は幸せいっぱいな気持ちで答えた。

ハンモックを花婿に手渡すと、デナケーという名前のいちばん下の妹といっしょに寝に行った。

次の日、タイーナ・カンがハンモックから出てくるとみんながびっくりしてしまった。しわしわの老いぼれで、宵の明星の光そのものみたいにぶるぶる震えていたんだ。それでイマエローはこう言った。

「老いぼれなんかどこかに行ってしまえ！　わたしはおじいさんとなんか結婚しない！　とっても勇敢で強いカラジャー族の男じゃなきゃだめなの！」

タイーナ・カンは悲しく悲しくなって、人間たちの不正義について思いをめぐらしはじめた。でも酋長ゾゾイアッサのいちばん下の娘が、老人がかわいそうになって言ったんだ。

「わたしがあなたと結婚します……」

タイーナ・カンはうれしくなって輝き出した。結婚の約束が交わされたんだからね。デナケーは嫁入り道具を準備しながら夜も昼もこんなふうに歌った。

「明日のいま頃は、フフン、フン、フン……」

ゾゾイアッサはこう答えた。

「わしもおまえの母さんと、フフン、フン、フン……。

花婿を待つおまえの手仕事が終わったあと、デナケーが編み上げたハンモックの上で愛の踊り、フフン、フン、フン……」ってね、オウムさん。

太陽が地平線の向こうに現れるが早いか、タイーナ・カンはハンモックから飛び出てきて妻に言った。

「わしは森の木々を伐り倒して耕しに行く。おまえは集落《ムカンボ》に残って、けっしてわたしを見に畑に来てはならないぞ」

「はい」と彼女は答えた。

そしてハンモックに留まって、あの風変わりな老人が与えてくれた、人びとの想像が及ぶかぎりもっとも甘い夜のことにでれでれと思いをめぐらせていた。

タイーナ・カンは森の木々を伐り倒し蟻塚すべてに火を放つと、土を耕した。その頃、カラジャー族はよい作物を知らなかった。カラジャー族が口にしていたものはと言えば、魚と獣だけだったのさ。

次の日の朝早く、タイーナ・カンは妻に、畑に蒔《ま》く種を探しに行くからわたしを見に来てはならない、と念を押した。デナケーはそのあともう少しだけハンモックに寝そべって、あのよい老人が与えてくれた、愛の夜々の荒っぽい快楽について思いをめぐらせていた。それから糸を紡ぎに行った。

タイーナ・カンはちょっとお空に立ち寄って、ベローと呼ばれる小川に行ってお祈りを捧げ、小川の両側のへりに片方ずつ足を置いて、水を見つめながら待った。まもなく水面を、クルルッカと呼ばれる種類のトウモロコシや、タバコ、それに木芋《マンヂオッカ》といった、よい作物の種が流れてきた。タイーナ・カンは流れてきたものをつかみ取ると、お空から降りて畑に植えに行った。デナケーが現れたときにはタイーナ・カンは炎天下で働いていた。彼女は愛の夜々にあんなに荒々しい快楽を与えてくれる夫が恋しくなって見に行ってしまったんだ。デナケーはうれしくなって叫び声を上げた。タイーナ・カンは老いぼれなんかじゃなかった！　タイーナ・カンは勇敢で強いカラジャー族の若い男だった。タバコやマンヂオッカの束を作ると、炎天下で跳ねるようにじゃれあった。

おたがいにたっぷり微笑みあいながら集落《ムカンボ》に戻ってくると、イマエローはカンカンに怒って叫んだ。

「タイーナ・カンはわたしのものよ！　わたしのためにお空から降りてきたんだから！」

タイーナ・カンは言った。「消え失せろ！　わしがおまえを望んだときにはおまえはわしを望まなかったんだから、勝手にやってろ！」

そしてデナケーといっしょにハンモックに上がった。イマエローは悲しみに沈んで溜め息をついた。

「ワニさんなんて放っておきましょう、湖は干上がってしまうんだから……！」

そして叫びながら森のなかに入っていった。そして、昼間の森の静けさのなかでやきもちの金切り声を上げるスズドリに姿を変えた。

そのとき以来、タイーナ・カンの善意のおかげでカラジャー族はマンヂオッカやトウモロコシを食べるようになり、気持ちを高ぶらせるためのタバコを吸うようになったのさ。

カラジャー族にないものがあれば、タイーナ・カンはお空に昇って持ち帰ってきた。それで男好きのデナケーはといえば、お空のお星さまみんなと愛を交わしたんだ！　そう、そして宵の明星のタイーナ・カンはすべてを見てしまった。悲しみの涙に暮れ、がらくた家具に乗ってだだっ広いお空へと戻ってしまい、そこに留まって、もう何も持ってきてくれなくなった。もし宵の明星パパセイアが彼方の国のものをこちらにもたらしつづけていたとしたら、あらゆるものがぼくたちのものになって、ここはお空の天国みたいになってただろうね。いまとなってはそれはぼくたちの夢でしかないけどさ。

これでおしまい」

オウムはもう眠っていました。

一月のあるとき、寝坊したマクナイーマは死を予告するというチンクアン鳥の啼き声で目を覚ましました。とはいえ、陽が昇るところで、夜はもう穴に入ってしまっていました……。英雄は身ぶるいして、首に下げていた呪物、洗礼を受ける前に死んでしまった坊《ピアー》やの小さな骨をまさぐりました。マラカナン・オウムを探しましたが、すでにどこかに消えてしまっていました。いたのは最後の一匹のクモをめぐってケンカしていた雄鶏と雌鶏だけ。猛暑があらゆるものの動きを止めてしまったようで、バッタたちのガラスのような声さえ聞こえてきました。太陽の女神ヴェイが年若い娘の手に変身して、マクナイーマの体の上をくすぐりながらなでなでしていました。光の娘たちのひとりと結婚しなかった英雄に仕返ししようとしていた女神のいじわるです。娘の手は、やってきてはそれはそれは優しく体をなでます……。体じゅうの筋肉がこわばって、久しぶりにむらむらしました！　マクナイーマはもう長いことじゃれあっていないことを思い出しました。欲を紛らわすのには冷たい水が効く、と言い習わされていることも思い出しました。英雄はハンモックから滑り出ると、クモの巣の柔毛を体じゅうに付けて涙《ラグリマス》の谷まで降りていって、近くにある、雨季の風で大きな湖に変わった池で水浴びしました。

マクナイーマはリヴォルノ鶏のカゴを優しく岸辺に置いて、水に近づいてゆきました。湖はすっかり金と銀で覆われていましたが、底にあるものまで見ることができました。マクナイーマはそこに、それはそれは美しい白い娘《クニャン》の姿を見てさらにむらむらしました。美しい娘は人魚ウイアーラだったのです。

その気がない素振りで絶えず踊りながら近づいてきて、英雄に流し目を使い、まるで「どこかに行きなさい、ぼくちゃん！」と言っているかのようでした。そしてなおも踊りながら、その気がない素振りで遠ざかって行くのです。欲があまりにも強くなって、英雄の体はむずむずし、口はよだれでいっぱいになりました。

「マニ……！」

マクナイーマはその女が欲しくなったのです。大きな指を水のなかにつっこんでみると、あっという間に湖は水面をまた金と銀の網で覆います。マクナイーマは水の冷たさを感じて、指を引き抜きます。

それを何度も繰りかえしました。日盛りが近づき、太陽の女神ヴェイは怒りでカンカン照りでした。マクナイーマが湖に棲む娘の妖しげな腕のなかに落ちてしまうよう願っていたのですが、英雄は水の冷たさに怖じ気づいていたのです。ヴェイは、その娘が本当は娘なんかではなく、人魚ウイアーラであることを知っていました。そしてウイアーラは、また踊りながら近づいてきました。彼女の美しいことと言ったら……！　赤みがかった小麦色の肌は、まるでお陽さまの顔のよう、そして、香雨鳥《グラウーナ》の翼を思わせる黒くて短い髪が顔を取り巻いていて、その様はまるで昼が夜に取り囲まれて暮らしているようでした。きりっとした輪郭に、呼吸さえできなそうなほどかわいらしい鼻が際立っていました。でも彼女は正面しか見せず、振り返りもしなかったので、ひとを眩惑するこの人魚が呼吸に使う首すじの穴はマクナイーマには見えなかったのです。行くか行かざるか、英雄は迷いました。太陽の女神ヴェイはカンカンで、アルマジロのしっぽのムチのような暑さで英雄の背中を打つのでした。人魚は、腕を開いておっぱいを見せつけ、気怠《けだる》げに目を閉じていました。マクナイーマは背中が熱くなるのを感じて身をよじらせ、彼女めがけてドボン！と飛び込みました。太陽の女神ヴェイはしてやったりと泣いてよろこび、その涙は黄金の雨になって湖に注ぎました。それが日盛りなのでした。

浜辺に戻ってきたときマクナイーマは、湖底でずいぶんともがいていたことに気づきました。絶え絶えの息で生命をつなぐように、長いことうつぶせに倒れていました。体じゅうについた噛み跡から血が出て、右足はなくなり、指もなくなり、バイーアのココナッツのようなタマタマもなくなり、耳も鼻もなくなり、宝物もみんななくなっていました。やっと立ち上がることができました。たくさんのものを失ったことに気づくと、太陽の女神ヴェイを恨みました。雌鶏が啼きながら浜辺に産み落とした卵を手に取って、マクナイーマは太陽のうれしそうな顔面に投げつけました。卵は彼女のほっぺたにぐしゃっと命中し、永遠に黄色くしてしまったのです。それが午下がりなんですよ。

マクナイーマは昔はカメだった岩に座って、水のなかで失くしてしまった宝物を数えていきました。片足やら、指やら、タマタマやら、耳やら、パテック社の時計とスミス&ウェッソン社のリヴォルヴァーで作った耳飾りやら、鼻やら、たくさんの宝物をみんな失くしてしまったのです……。英雄は飛び跳ねて叫び声を上げ、そのせいで昼が短くなるほどでした。ピラニアたちは唇とムイラキタンまで食べてしまったのです……！　カンカンに怒りました。

チンボーの木、アサクーの木、チンギーの木、クナンビーの木を山ほど集めて、湖を永久に毒に浸してしまいました。魚はみんな死んでしまい、おなかを上にして浮かんできたので、湖の水面は青や黄色やピンクのおなかで色とりどりになりました。それが午後の終わり頃なんですよ。

そこでマクナイーマは、それらの魚みんな、ピラニアやらネズミイルカやらのはらわたを出しておなかのなかにムイラキタンはないかと探しました。大地にたくさんの血が流れ出て、あらゆるものが血の色に染まりました。それが夕暮れ時なんですよ。

マクナイーマは探しに探しました。ふたつの耳飾りやら、指やら、耳やら、タマタマやら、鼻やらは見つけ出して、これらの宝物はみんなサペー葦と魚から取った糊とで元の場所にくっつけました。でも足とムイラキタンは見つからなかったのです。ウルラウという、チンボーの木の毒でも棒でぶっ叩いても死なないワニのばけものが呑みこんでしまったのでした。血は黒く固まって、岸と湖を覆いました。それが夜なのでした。

マクナイーマは探しに探しました。悲しみの泣き声を上げ、虫たち動物たちを縮みあがらせました。何も見つかりません。英雄は一本足で野を跳ねめぐりながら叫びました。

「形見さん！　ぼくのいじわるなひとの形見さん！　彼女もいないし、きみもいないし、なんにもないよぉ！」

そしてまた跳ね回ったのでした。青い瞳からは涙が滴り落ちて野の白い小さな花にかかります。その青く染まった小さな花が、勿忘草《わすれなぐさ》になったのです。英雄はもう跳ねることができなくなって止まりました。腕を組んで英雄にふさわしい絶望に沈んだので、あらゆるものが、あたりに広がって彼の苦しみの沈黙を裡《うち》に抑えていました。ただ一匹の小さな小さな蚊だけが、英雄の悲運をさらにあざけるように、かぼそい声で「ぼくはミナスから来た……ぼくはミナスから来た……」と鳴いていました。

するとマクナイーマは、この地上にもう何の意味も見出せなくなりました。新しい月のカペイが天穹で輝いています。マクナイーマは、お空に行って暮らそうかマラジョー島に行って暮らそうか、まだちょっと決めかねて考え込みました。ペドラの街へ行ってあの精力あふれる産業王デウミーロ・ゴウヴェイアといっしょに暮らそうとさえ一瞬思いましたが、気力が足りないので、そこで生きるのも、ここまで生きてきたのと同じように無理なおはなしでした。だからこそ地上に生きる意味を見失ってしまったのです……。たくさんの冒険、たくさんのじゃれあい、たくさんの幻、たくさんの苦しみ、これほどの英雄らしさにもかかわらず、彼の存在のすべては結局のところ、当てもなく生きることに過ぎなかったのです。デウミーロの街に行って住むのも、マラジョー島に行って住むのも、いずれにしても地上でのこと、意味のないことでした。新たに何かに取りかかる勇気ももう持っていなかったのです。そして決断しました。

「どうってことないさ！　運の悪い黒禿鷹《ウルブー》は下を飛んでるやつの糞さえ浴びる、って言うし、この世界はもうどうしようもないから、ぼくはお空に行くよ」

いじわる女のシーと暮らすためにお空へ行くのです。何の役にも立たない輝きだっていいのです。少なくともそれは、新たな星座となって、美しい輝きになるのです。何の役にも立たないけれど、新たな星座と親類のお星さまたち、地上の生きとし生けるものたちのすべてのお父さんたち、お母さんたち、兄さんたち、姉さんたちなどなどと同じ輝きなのですし、知っている人たちみんながいまはお星さまの虚しい輝きとなって暮らしているのです。

月の息子《フィーリョ・ダ・ルーナ》とも呼ばれるマタマターという蔓《つる》の木の種を蒔き、それが育ってゆくあいだ、先の尖った石を手に取り、大昔にはカメだった石板にこんなふうに書きつけました。

石になるためにこの世界にやってきたんじゃない

蔓の木はぐんぐん大きくなっていて、もうお月さまのカペイの一端に届いていました。英雄はリヴォルノ鶏のカゴを腕に提げると、片足でお空に昇ってゆきました。悲しくこう歌います。

お別れをしましょう
——ツバメさん
小鳥さんみたいに
——ツバメさん
翼をバサバサ　遠くへ行っちゃった
——ツバメさん
羽根も苦しみも　巣に残して
——ツバメさん……

たどり着くと、カペイの小屋《マロッカ》の扉を叩きました。お月さまは地階まで降りてきてたずねます。

「一本足黒んぼのサシーさん、何かご用？」

「わたしのおばさんに神さまの祝福を。木芋《マンヂオッカ》のパンをくださいな」

するとカペイは、それがサシーではなく英雄マクナイーマであることに気づきました。でもかつての英雄のあの臭さを思い出して優しくしてやろうとは思いませんでした。マクナイーマは怒りを抑えきれず、お月さまの顔面をぼこぼこ殴りました。このせいでお月さまの顔には黒いあざがついているんですよ。

そこでマクナイーマは、明けの明星カイウアノーギの家の扉を叩きに行きました。カイウアノーギは小窓に姿を現して誰が来たのかを見ると、夜であたりが暗く、また英雄が片足だったせいでかんちがいしてたずねました。

「一本足黒んぼのサシーさん、どうしたんですか？」

でもすぐにそれが英雄マクナイーマであることに気づき、彼がひどく臭かったことを思い出すと返事も待たずに言いました。

「水浴びに行きなさい！」。そして窓をぴしゃり。

マクナイーマはまたも怒りを抑えきれず、叫びました。

「表へ出てこい、恥知らずめ！」

カイウアノーギはびっくり仰天して、錠前の穴から外をのぞき見ながらブルブル震えました。この美しいお星さまがあんなに小さくてあんなに瞬《またた》いているのはこのせいなんですよ。

そしてマクナイーマは、鳳冠鳥《ムトゥン》の父神さまであるピアウイー・ポードリの家の扉を叩きに行きました。ピアウイー・ポードリは、マクナイーマが南十字星のお祭りの群衆のなかにいた混血男《ムラート》から自分を守ってくれたので彼のことが大好きなのでしたが、こう叫びました。

「あぁ、英雄さん、ちょっと遅かったのぉ！　わしの小汚い小屋に、あらゆる種族に先立つ種族たるジャボチ亀さんたちの末裔をお迎えできるなんて、すばらしい名誉だったのに……。夜の静けさのなかでおなかから男とその妻を取り出したのは彼だったのだよ。それが最初の生ける存在、おまえさんがたの部族の最初の人間だった……。そのあとに他のやつらがやってきたのさ。遅かったよ、英雄さん！　いまわしらは十二人で、おまえさんを入れたら不吉な数の十三人になってしまう。もうしわけないけれど、泣くことはできんのぉ！」

「それは残念《ペーナ》、エレーナさん！」と英雄は叫びました。

するとピアウイー・ポードリはマクナイーマを哀れに思い、まじないをしました。三本の小枝を投げ上げて十字を作り、マクナイーマを、持ち物のすべて、つまり、雄鶏、雌鶏、鳥カゴ、リヴォルヴァー、時計といっしょに、新しい星座に変えたのです。それが大熊座なんですよ。

当然ながらドイツ生まれの、とある教授先生が、大熊座は一本足だからサシーだなんて言いふらしていたそうですが……。ちがいます！　一本足黒んぼのサシーはまだこの世界にいて、火花をまき散らしたり、馬のしっぽの毛を結んだりというようないたずらをしています……。大熊座は本当は、健康がなくサウーヴァ蟻《サウーヴァ》がたくさんのこの地上を儚《はかな》んで、すべてにうんざりして行ってしまった一本足の英雄で、いまはだだっ広いお空にひとりぼっちで浮かんでいるのです。

終章

物語は終わって、栄光は死に絶えました。

もう誰も残っていませんでした。タパニューマ族にあれやこれや《タンゴロマンゴロ》が起こって、その子らはひとりまたひとりと死んでいったのです。そこにはもう誰も残っていませんでした。あの野、あのほら穴、あの峡谷、あの森の小径、あの半崖、あの神秘の森、すべての場所がもう、無人の地の孤独に変わり果てていました……。ウラリコエーラ川のほとりでは、巨大な静けさが眠りに就いていました。

　その地をよく知る者でさえ、もう一人としてタパニューマ族の言葉で話すことはできず、あれほど奇想天外な出来事の数々を物語ることもできないのです。英雄のことなんて誰が知っているというのでしょうか？　レプラを患った幽霊になった兄さんたちはいまやウルブーの父神さまのふたつめのあたまとなっていますし、マクナイーマは大熊座になっています。あれほどたくさんの美しい物語、滅びてしまった部族の言葉は、もう誰も知ることができないのです。ウラリコエーラ川のほとりでは、巨大な静けさが眠りに就いていました。

あるとき、ひとりの男がその地におもむきました。明け方早くで、太陽の女神ヴェイはすでに娘たちに、お星さまたちの退場を見張りに行かせていました。広大な無人の地で、魚たちや鳥たちが恐怖のために死に、自然そのものが気を失い、どてんとそのあたりに倒れ果てていたのでした。静けさはあまりにも巨大で、樹々が空間にふくらんでゆくほどでした。ふいに、男の疼《うず》く胸に木の枝から声が降ってきました。

「クルルパック、パパック！　クルルパック、パパック……！」

男は驚きのあまり、子ども《ピアー》みたいに凍えてしまいました。するとハチドリが羽ばたきながらやってきて、男の唇のところでそよぐようにしました。

「ビロ、ビロ、ビロ、そこだよ……かわいいな！」

そして急いで木のほうに昇ってゆきました。男はハチドリを追いかけていって見上げました。

「牛さん、枝を引っぱれ！」とハチドリは笑い、飛び去りました。

すると男は、黄金のクチバシを持った緑のオウムが枝の上から彼をこっそり見ているのに気づきました。そこで言いました。

「こっちにおいで、オウムさん」

オウムはやってきて男のあたまに止まり、ふたりは仲よしになりました。するとオウムはおっとりと、それはそれは新奇な語り口で話しはじめました。歌のこと、ハチミツ入りのカシリ酒のこと、それがおいしくて、森の誰も知らない果物みたいに移り気な味だったこと。

タパニューマ族は滅び、マクナイーマの家族は幽霊になり、藁葺小屋《マロッカ》はサウーヴァ蟻に食い荒らされて朽ち果て、マクナイーマはお空に昇ったけれど、マクナイーマが偉大な皇帝だった昔の家来のなかから、マラカナン・オウムが残ったのでした。そしてそのオウムだけが、ウラリコエーラ川の静けさのなか、数々の出来事と、失われた言葉とを忘却から守っているのでした。そのオウムだけが、英雄が言ったこと、為したことを、静けさのなかに守っているのでした。

オウムは男にすべてを語ったあと、翼を開いてリスボンを指して飛んでゆきました。そして、その男というのがわたくしなのです、みなさん、この物語をみなさんにお話しするためにわたしはここに残ったのです。そのためにわたしはここに来たのです。この葉叢《はむら》の上にうずくまって、ノミを取り、小ぶりなギターを弾きながら、しゃがれ声で、世界に向かって口を開き、ごた混ぜの言葉で、わたしたちブラジル人の英雄、マクナイーマの言葉と行いとを歌ったのです。

これでおしまい。

訳者あとがき

一九八三年一月三十一日、サッカー・ブラジル代表の二度のW杯優勝にペレとともに貢献した名フォワード、マネー・ガリンシャが四十九歳で他界したとき、ブラジル近代主義《モデルニズモ》の数少ない生き残りのひとりとなっていた詩人カルロス・ドゥルモン・ヂ・アンドラーヂは、晩年は決して恵まれていなかったこの過去の英雄を、天がもたらした偶像のひとり、サッカーのあらゆる神聖な原則に逆らいながらもすばらしい結果をもたらすプレイヤー、と讃えた。軍政下の暗鬱がにじむその追悼文にドゥルモンは、次のような言葉も残している。「ガリンシャは、もしかすると、自分の筋肉と両足が持つ魔法の力がどこから来るのかを知らなかった彼自身には読み解くことのできなかった秘密の鍵を、その愛すべき無責任さにおいて、わたしたちに与えてくれるのではないか？　陽気で、気ままで、軽はずみで、マクナイーマのような天与の賢さを持ちながらも無垢なガリンシャ――身近なところにまじめな英雄も、日々の生活に必要な奇蹟を起こす聖人も見つけることのできないブラジル国民を夢中にさせる彼のモデルとして、マクナイーマよりふさわしいものはないだろう」――。いまあらためてこの一節を読んでみると誰しも、ドゥルモンは、ペレやジーコにも、また詩人がもっと長生きしていたとしたら、ロマーリオやロナウド（ロナウジーニョ・フェノメノ）やロナウジーニョ・ガウーショ、あるいはもしかするとネイマールといった選手たちにも、年上の盟友マリオ・ヂ・アンドラーヂが生み出した「ブラジル人の英雄」の面影を見なかっただろうか、と空想したい誘惑に駆られるのではないか。

マリオ・ヂ・アンドラーヂは、みずからは「狂詩曲《ラプソディ》」と呼んでいたこの小説のherói（主人公、英雄）の像を、ドイツ人探検家コッホ＝グリュンベルクがブラジルのアマゾンとベネズエラのオリノコ川流域とを巡って著した長大な旅行記『ロライーマからオリノコ川へ』（一九一七年）に書き留められた、インディオの民話から取った（ちなみに、キューバの作家アレホ・カルペンティエルの五三年の小説『失われた足跡』も同じ本に着想を得ている）。このことについてマリオは、親しい友人である詩人マヌエル・バンデイラに宛てた書簡で次のように書いている。「マクナイーマは気の向くままに生きるが、その性格はまさに性格を持たないというところにある。コッホ＝グリュンベルクを読んでいたときにたどり着いた、わたしが国民的性格のすべてを抜き出そうとしていたブラジル人についてのこの結論、この洞察こそが、わたしをこの英雄に夢中にさせたんだ」。いっぽうでマリオは、同じバンデイラとのやりとりのなかでその後、「マクナイーマはブラジル人の象徴ではない」という、前言撤回でないとすれば自家撞着としか見えない言葉も残している。だが、『マクナイーマ』が刊行された二八年からすでに半世紀が経っていた頃にドゥルモンが「ブラジル人の英雄」としてガリンシャをマクナイーマに重ね合わせたように、著者の秘かな――というか、装われた――意図がどうであれ、この小説の主人公はつねに「ブラジル人の象徴」と受け取られてきた。

一九二二年にブラジル芸術の近代主義《モデルニズモ》が始まって以後、文学や美術や音楽のみならず歴史や思想の領域でも、真の〈ブラジル〉像を描き出そうとする動きが盛んになる。歴史家セルジオ・ブアルキ・ヂ・オランダは『ブラジルの根源』(三六年)で、ブラジル人の主たる祖先であるイベリア半島人(ポルトガル人とスペイン人)は労働の崇拝にもとづくあらゆるモラルに反撥を覚えるのであり、彼らにとって「名誉ある怠惰はパンを得るための日々の不健全な奮闘よりも優れたもの、より高貴なもの」だったとしている。安全や安定を望み、堅実だが実入りは少ない努力を尊ぶ「労働者《トラバリャドール》」のモラルほど彼らにばかげて見えるものはない。逆に、勇敢さ、先見のなさ、無責任、不安定、放浪癖を特徴とするブラジル人のような「冒険者《アヴェントゥレイロ》」の理想とは、「木を植えることなく果実を得ること」である――。

また、ブラジル社会の原像を植民地時代の砂糖農園《エンジェーニョ》に見ようとした『大邸宅と奴隷小屋』(三三年)で歴史家ジルベルト・フレイレが描いた、女好きで、下品で、怠けものの農園主・奴隷主の姿も、マクナイーマに重なって見える。「怠惰ではあるが性の虜になっていたサトウキビ農園主の暮らしは、ハンモックの上で展開された。奴隷主が休息したり、睡眠をとったり、居眠りをしたりする静止したハンモック。厚手の布やカーテンで仕切られ、旅行や散策に出かける奴隷主を乗せた動くハンモック。奴隷主が女を抱くと揺れるハンモック。[……]ほとんどすべての者がハンモックで旅行した。馬に乗る元気すらなく、まるでスプーンですくわれるジャムのように、家の中から引きずり出されて。昼食や夕食の後、ゆっくりと腹ごなしをする――爪楊枝で歯の間をほじくったり、葉巻を吸ったり、地面に唾を吐いたり、傍若無人にげっぷをしたり、放屁したり、ムレッカに扇で煽がせたり、さすらせたり、シラミを捕らせたり、足を掻いたり、癖か性病や皮膚病のために性器を掻いたりして――のもハンモックの上であった」（鈴木茂訳）。

マリオ・ヂ・アンドラーヂは小説の形で、これらセルジオ・ブアルキやフレイレの名著に先駆けて、ブラジルという国の、そしてブラジル人の、いずれにせよ虚構、理念、幻想でしかありえない像を作り上げたと言える。その企図は、国民を構成する三人種の起源や、国民的スポーツであるサッカーの起源を――つねにふざけ半分に、だが――説き明かす、マリオみずからが創作した擬似神話がこの作品にいくつも盛り込まれていることにも見て取れる。ブラジル人が書いた、ブラジルで書かれた、というだけではなく、ブラジル〝らしい〟人物像が描き出された、それがブラジルの〝崩れた〟話し言葉で語られた、という踏み込んだ意味において、『マクナイーマ』は〈ブラジル文学〉のひとつの極を成している。

とはいえマリオは、この小説を何もないところから空手で築き上げたのではなく、コッホ＝グリュンベルクが記録した民話を基礎に据えたのに加え、カピストラーノ・ヂ・アブレウの『カシナウアー族の言語』、コウト・ヂ・ギマランイスの『密林』など、数多くの書物からの民話の引き写しやその翻案を建材として用い、またさまざまなインディオの言語から取り込まれた単語を各所に散りばめている。執筆にかけられたのはわずか七日間とも伝えられているが、実際には、ブラジルのインディオをめぐる長年に渡る研究がそれに先立っている。作家・批評家のマヌエル・カヴァルカンチ・プロエンサは、マリオ本人の研究の足跡をたどるように、民俗学、言語学、歴史学などの領域にわたる幾百の文献を渉猟し、小説『マクナイーマ』に使われた民話や神話の出所を明かし、インディオの諸言語から取られた単語の意味などを解く『マクナイーマ案内』を五〇年に著した。とくにその用語集《グロッサリー》は大きな貢献で、それによってはじめて、細部に至るまで意匠の凝らされたこの小説の全容が明らかになった、と言えるだろう。

フーコーがフロベールの『聖アントワーヌの誘惑』について書いた「幻想の図書館」の美しい喩えを借りれば、マリオ・ヂ・アンドラーヂの幻想は、理性が眠りに就く夜のあいだに飛び立つそれとは異なり、図書館に並ぶ数々の書棚で翼を広げて待っているもの、書物とランプのあいだに宿るものである。そのような幻想は、「知の正確さのなかから、汲みあげられるのだ。富は資料のなかで待機している。夢見るためには、目をつぶるのではなく、読まなければならない。ほんもののイマージュは、知識なのである。すでに言われた言葉、厳密な調査検討、細かな情報やモニュメントの微細なかけらを山のようにあつめたもの、複製の複製、そうしたものこそが、近代の経験においては不可能の世界の威力を発揮する」（工藤庸子訳）。この点で、口承文芸に連なる一見古めかしい体裁を取る『マクナイーマ』が、想像力の近代的な、新しい形式を体現するものだったことは見落とせないし、一九二八年という刊行年を考えずとも、その新しさはいまだ驚きに値する。

この小説のもうひとつの新しさは、語り口にあった。終章で、この物語が、タパニューマ族の村のあった場所を訪れたひとりの男の口から語られていたことが明かされる。そのため、地の文《ナラティヴ》がすでに会話文《ダイアローグ》のように、ブラジルの崩れた話し言葉──作中のマリオの表現を借りれば「ごた混ぜの言葉fala impura」──を模して書かれているが、これは、文芸において侮られ軽んじられていたブラジル口語を、伝統的な文語（その美文調をマリオは第九章「アマゾンの女たちへの手紙」でからかっている）に代えて「書き言葉にしたい」という目論みを、マリオみずからが実行に移しているものである（二十世紀ブラジル文学のもうひとつの高峰であるジョアン・ギマランイス・ローザの五六年の小説『大いなる奥地』も、主人公で語り手のリオバルドが、二人称で呼びかけられる正体不明の聞き手に直に語りかける形を取っているし、ベルナルド・カルヴァーリョやミルトン・ハトゥーンといった現代の書き手たちの作品にも同じ語りの手法が見られるなど、これはいわばブラジル小説のお家芸である)。さまざまな声調が入り混じったその語り《ナラティヴ》はマクナイーマそのひとのように、自由で、気まぐれで、遊び心あふれ、つねに笑いを誘おうと構えている。あるいはこのような文体の冒険はむしろ、書かれた文学より遥かに長い歴史を持つ口伝えの物語、語り手と聞き手が直に向かいあうあの場への回帰と捉えるべきものなのかもしれない。

一九二七年十月、詩人マヌエル・バンデイラは、草稿の段階にあったこの小説を読んで受けた最初の印象を、マリオに次のように書き送った。「きょう『マクナイーマ』を受け取ったが、気に入ったよ。わたしは英雄にぴったりとくっついて行った。きみがこの小説のことを話したとき、わたしがあまり興味を示さなかったことに気づいたはずだ。きみがわたしたちにひどい汚物をぶちまけようとしているように思えたんだ。[……]だが、悪ふざけや動物譚ならもうわたしのものだ。読みはじめてすぐに好きになった。子どものマクナイーマを書いた最初の二章はすばらしい。[……]全体としてわたしはこの物語をとてもおもしろいと思った。ブラジル庶民が持つ土台の芸術的統一としてすばらしい。ブラジルの果物、樹木、動物をめぐってじつに心地よい語を列挙してゆくラブレー的な手法をきみはきわめて巧みに用いたが、それはまさしくこの地のおもしろさをまるごと包括する唯一の手段だ」。バンデイラはここでとくに列挙法というレトリックに関してフランソワ・ラブレーの名前を挙げているが、実際には、『マクナイーマ』全体の印象、とりわけ主人公の像が、ガルガンチュアとパンタグリュエルの物語を想い起こさせたのではないか。いずれも豪放磊落で自由奔放なラブレーの巨人たちとマクナイーマの類似は、J・オゾーリオ・ヂ・オリヴェイラやロジェ・バスティードといった評者によっても指摘されている。

　コロンビアの作家ガブリエル・ガルシア＝マルケスの小説『百年の孤独』（六七年）で、物語の結末近く、滅びようとするマコンドの村から国外に逃げ出そうとする、著者と同じガブリエルという名前の青年が持ち出す本のなかにもラブレーの小説があった。ラブレーの末裔たるラテンアメリカの数々の作家たちのなかで、ガルシア＝マルケスが飛び抜けた才能を世界に示した末っ子だったとすれば、マリオ・ヂ・アンドラーヂは人知れず大きな仕事を成し遂げていた長兄だった、とでも言えるだろうか。ただし、『百年の孤独』の世界が、ヨーロッパの（コロンブス的な）まなざしで新世界を見ることで築かれているのに対して、『マクナイーマ』の世界は逆に、インディオの〈原始〉のまなざしでブラジルの〈近代〉を見ることで築かれている。第五章「巨人のピアイマン」で大都市サンパウロにやってきたマクナイーマたちは、煙突を「ふわふわの煙を実らせた椰子の木」と呼び、トラックや路面電車やバスを「アリクイ」と、ネオンサインや信号を「火吹き蛇のボイタター」と、高層ビルを「パラナグアーラ山よりも高い小屋《マロッカ》」と、そして機械を「偉大なる真の神さまトゥパン」と呼ぶなど、初めて目にするさまざまな文明の産物を、必死に自分たちの語彙、自分たちの宇宙観《コスモロジー》で解釈しようとするが、そこには〈翻訳〉の原初の形を見ることもできるだろう。いまから数年前、ブラジル国立インディオ保護財団が、天に向かって弓を構え、矢を放とうとするアマゾンのインディオの写真を公開したことがあった。調査飛行機から撮影された、いまだ〝文明と接触していない〟部族の戦士の姿だという。そのインディオの戦士の目に、世界を揺るがす轟音を立てながら翼をはためかせることなく空を飛ぶ巨大な鳥は、どんな悪魔と映ったのだろうか。

　著者マリオ・ラウル・ヂ・モライス・アンドラーヂは、一八九三年十月九日、サンパウロで生まれた。優秀な兄たちと違って落ちこぼれとして育っていた子ども時代に突然、音楽と読書に目覚め、打ち込んでいったという。一九一七年にはヨーロッパの前衛主義の色彩が濃い最初の詩集『どの詩篇のなかにもひとしずくの血が』を公刊、女性画家アニータ・マルファッチや詩人オズヴァルヂ・ヂ・アンドラーヂの知己を得る。二二年二月、サンパウロ市立劇場――パリのオペラ座を模して設計され一一年に落成していたもの――を舞台に、オズヴァルヂやアニータに加え、小説家グラッサ・アラーニャや作曲家ヴィラ＝ロボスらとともに、前衛主義をブラジルに大々的に導入しようとした〈近代芸術週間〉というイヴェントを開催。二七年、インディオ研究の最初の成果とも言える詩集『ジャブチ亀の一族』と、サンパウロの上流階級の家庭を舞台にした長篇小説『愛するという自動詞』を公刊。翌二八年、『マクナイーマ』が公刊された。一九三四年から四年間はサンパウロ市文化局長、三八年からは当時のリオデジャネイロにあった連邦区大学芸術院長を務めたが、リオの空気が肌に合わず抑鬱に苛まれるようになり、四一年にサンパウロに戻って国立歴史芸術遺産局に勤めるも、四五年に死去した。上記の他にも、詩集、音楽論、文学論など数多くの著作を残しているが、散文での創作にはあとは『二階』（二六年）、『ベラザルチス短篇集』（三四年）、『新短篇集』（四六年、没後刊）と三つの短篇集があるのみで、小説家としては寡作だったし、『マクナイーマ』のような作品は二度と書かれなかった。私生活については、盟友オズヴァルヂとの謎めいた訣別に関するものも含め、いくつかの証言といくつもの憶測がすでに出回っているが、マリオを直に知っていた人が少なくなるに連れてさらに多くの事実が明るみに出てきそうな気配がある——そのなかからひとつだけ紹介しておくと、オズヴァルヂはマリオについて、「うしろから見るとオスカー・ワイルドみたいだった」と語っていたという。

本書の底本には Mário de Andrade, *Macunaíma — o herói sem nenhum caráter*, Belo Horizonte / Rio de Janeiro, Livraria Garnier, 32ª, 2001 を用いた。加えて E. A. Goodland による英語訳（*Macunaíma*, New York, Random House, 1984）、Jacques Thiériot によるフランス語訳（*Macounaïma ou le héros sans aucun caractère*, Paris, Flammarion, 1979）、Héctor Olea によるスペイン語訳（*Macunaíma*, Barcelona, Seix Barral, 1979）を適宜参照した。また、すでに名前を挙げた Manuel Cavalcanti Proença, *Roteiro de Macunaíma*, São Paulo, Civilização Brasileira, 1950 という水先案内がなければ、この翻訳は実現しなかっただろう。

訳者が『マクナイーマ』に初めて出会ったのは、東京外国語大学の大学院生だった十年ほど前、武田千香先生のゼミでだった（二〇〇二年の夏学期のことだったと思う）。ガルシア＝マルケスの小説やミハイル・バフチンのラブレー論に傾倒していたその頃、マリオ・ヂ・アンドラーヂのこの小説にひとめ惚れ、というか、ひと読み惚れし、いつか訳してみたいと思ったのは当然の成り行きだった。当時は他に文学をやっている院生はいず、差し向かいの授業で、マクナイーマに勝るとも劣らぬ怠けものの学生は多大なご迷惑をおかけしたことと思う。運命の出会いへといざなってくださった武田先生にはこの場を借りてあらためて感謝させていただきたい。この翻訳がその学恩に少しでも報いていることを祈っている。

訳者にとって初めての小説の翻訳をたくみに導いてくださった、京都・松籟社の木村浩之さんと最初にお会いしたのは、〇九年一月十一日、訳者が、西成彦先生に招かれて、立命館大学で開かれたモダニズム研究会でドゥルモンについて話した日の夜のことだった。お仕事のため研究会には参加できなかった木村さんはそのとき訳者について、(博士課程の指導教官である)和田忠彦先生が褒めていたらしい、というあやふやな情報しか持ち合わせていなかったにもかかわらず、企画中だったこの〈創造するラテンアメリカ〉シリーズに何かブラジルの小説を訳すよう、研究会の一行で飲みに行く道すがらだったと思うが、自転車を引き引き、ご提案くださった。

それからすでに四年が経った。この間、博士号を取ったり、初めての子どもを得たり、初めての著書を出したりと、大きな出来事が続いた。一〇年夏、木村さんは、ご自身が使って使いやすかったからと、出産祝いにX字形《クロス》のベビースリングを贈ってくださった。それで娘を抱いて野川沿いやリスボンの街を散歩しながら、早く『マクナイーマ』の翻訳を進めなきゃな……と繰りかえし思ったものだった(もしかすると、木村さんはそれを狙っていらっしゃったのだろうか)。そんな時間も、そのなかにいるときには永遠に感じられるが過ぎてしまえば一瞬の夢でしかなく、翻訳が完成する前に娘はいつのまにかスリングに乗らない大きさになっていた。二歳半の頃、突然、「ママのおじいちゃん、しんじゃったの？　かわいそうだね」と三十年以上前の話を持ち出したとき、片手で数えるほどの星しかない東京の貧相な空を見せて、「みんなお星さまになってこっちを見てるからかわいそうじゃないんだよ」と教えることができたのは、この四年間いつも、つきっきりではなかったにせよ、微かな気配が感じられるくらいの距離にマクナイーマがいたからだった。無数の星屑があふれる夜空が鳳冠鳥《ムトゥン》の父神さま——南十字星《サザン・クロス》——を頂く場所に、いつかこの子を連れていってやりたいと思う。

表紙には、このシリーズのカバーデザインをご担当なさっている安藤紫野さんが、訳者のたっての願いに応え、本書第十七章に出てくる熱帯雨林の水の精ウイアーラを描いてくださった。アマゾンのインディオの民話に現れるこの幻の存在の姿は、もともと伝承のなかでははっきりと描写されてはいなかったが、西洋のセイレーンや人魚《マーメイド》、ポルトガルのムーアの魔女《モウラ・エンカンターダ》の姿に影響を受け、また同時に〝ブラジルらしさ〟が求められていくなかで、肌は小麦色、下半身は魚（たとえばギマランイス・ローザの若書きの詩は、尾ひれをトゥクナレーという淡水魚のものだとしている）といったふうに想像されることが多くなっていったようだ。じつはすでに西洋との交雑を経ているものが、純粋なブラジルらしさを備えた嫡流にして古来のものと感じられている、錯覚されている、という意味で、辺境の小説『マクナイーマ』の世界文学のなかでの有りようは、この一枚の絵に正確に見て取ることができる。ウイアーラをめぐってはアマゾンのインディオのあいだに悲恋の物語も語り継がれているが、それはまた別のお話——。

福嶋伸洋

二〇一三年三月

本作品中には、今日の観点から見て考慮すべき用語・表現がございますが、作品が書かれた時代的・社会的状況に鑑み、また、文学作品としてのテキストを忠実に日本語に移すという方針から、おおむねそのまま訳出しました。読者の皆様方のご理解をお願い申し上げます。

編集部

［訳者］

福嶋　伸洋（ふくしま・のぶひろ）

1978年生まれ。東京大学文学部西洋近代語・近代文学科卒業、東京外国語大学大学院博士後期課程単位取得退学。博士（学術）。

現在、共立女子大学文芸学部専任講師。

著書：『魔法使いの国の掟――リオデジャネイロの詩と時』（慶應義塾大学出版会、2011年）。

〈創造するラテンアメリカ〉3

マクナイーマ――つかみどころのない英雄

2013年6月30日　初版発行　　定価はカバーに表示しています

著　者　　マリオ・ヂ・アンドラーヂ
訳　者　　福嶋　伸洋

発行者　　相坂　一

発行所　　松籟社（しょうらいしゃ）
〒612-0801　京都市伏見区深草正覚町1-34
電話　075-531-2878　　振替　01040-3-13030
url　http://shoraisha.com/

印刷・製本　　亜細亜印刷株式会社
カバーデザイン　　安藤　紫野

Printed in Japan

 ISBN978-4-87984-316-6　C0397